執事の受難と旦那様の秘密
＜上＞

椹野道流

CHARADE
BUNKO

二見シャレード文庫

目次

イラスト――金 ひかる

執事の受難と旦那様の秘密〈上〉

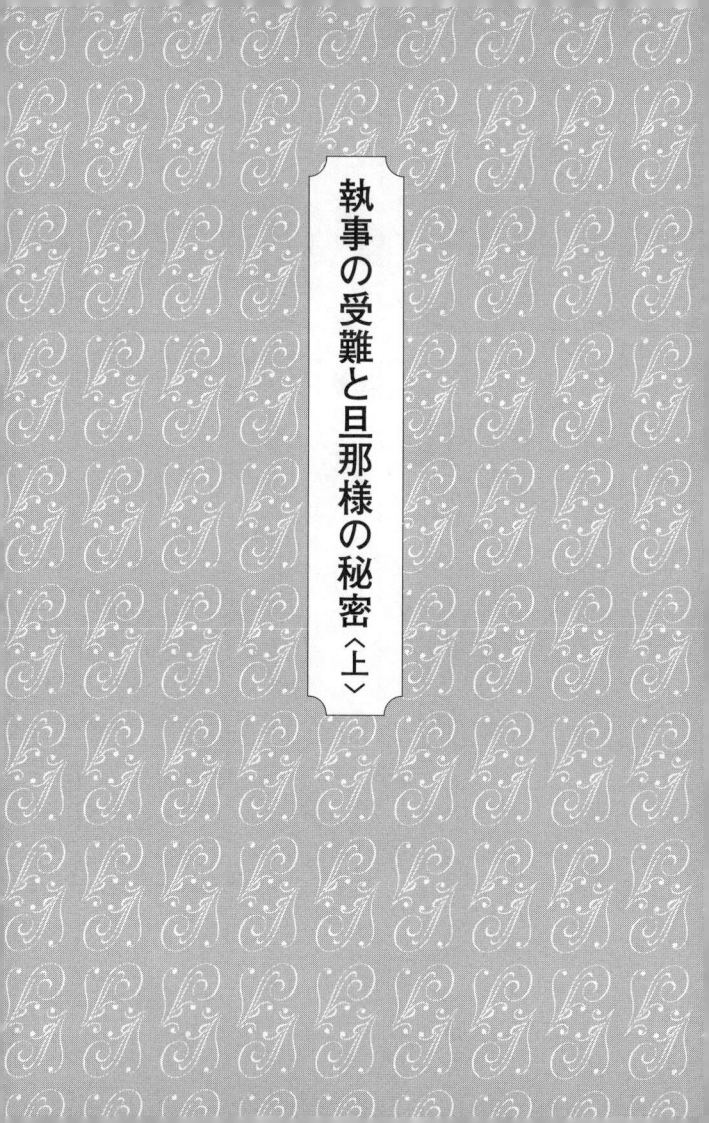

夜の闇《やみ》はねっとりと濃く、重い。

それが、町中から遠く離れた神殿であれば、なおのことだ。

海の女神ネイディーンを祀《まつ》るこの神殿では、夜、燭台《しよくだい》以外の灯《あか》りを点《とも》すことは禁じられている。

すぐ近くの岬《みさき》に「ネイディーンの大灯台」があり、船乗りたちは、その不断の松明《たいまつ》の火を頼りに浅瀬を避け、船を操るのだ。

船乗りたちを惑わせないよう、神殿の照明は最低限にしておくことが、長年の伝統となっていた。

それは、神殿の敷地内にある小さな孤児院でも同様である。

子供たちは早くに寝かされ、静かな院内には、養育係の神官たちが燭台を手に、静かに回廊を行き交う足音が響くばかりだ。

弱々しい光で闇を照らす蠟燭《ろうそく》が、ジジ……と、微《かす》かな音を立てた。

みずからの溜《た》め息《いき》で揺れる炎を見つめ、孤児院の院長を長年務める老人は、陰鬱《いんうつ》な表情で呟《つぶや》いた。

「人の世とは……かくも残酷なものなのだろうか」

答える者のない室内に、老人の嗄《しわが》れた声は、吸い込まれるように消えていった……。

＊　＊

大国アングレの第四の都市マーキス。

サイラル湾に浮かぶ島がそっくりそのまま天然の城塞《じょうさい》を成しているこの都市は、百年前まで小さな独立国家だった。

マーキス王家とアングレ政府との和議により、マーキスは一滴の血も流すことなく、大国の庇護《ひご》下に入った。

そのため、温暖な気候と良港に恵まれ、以前より豊かな土地であったマーキスは、他国との貿易や海上輸送、漁業、そして観光と、さらに多角的な発展を遂げつつある。

しかし、人の出入りが増えれば、治安や風紀は悪化し、犯罪が増加する。マーキスにおいて、それは市の東側、オールドタウンと呼ばれる下町で顕著だった。

もともと、マーキスは風紀に関してはかなり大らかな土地柄である。

オールドタウンには、安い宿屋や酒場、公衆浴場、果ては公営の賭博場《とばくじょう》に遊郭までが軒を連ねている。

自然とそうしたエリアには荒《すさ》んだ空気が漂い、いさかいや盗難、殺人事件が絶えない。無論、マーキスには警察組織があり、日夜治安の維持に励んでいるのだが、取り締まり能力には限界があり、犯罪の抑止には至っていない……というのが現状だった。

オールドタウンと長い橋で隔てられた市の西側、やや内陸部のエリアは、ニュータウンと呼ばれる。

旧王家や貴族、上級市民だけが住むことを許された、いわゆる高級住宅街である。綺麗《きれい》に舗装された広い道路の両側には立派な邸宅が立ち並び、あちらこちらに美しい噴水が設けられている。

そんな噴水の一つ、「ネイディーンの噴水」のすぐ近くに、小さいが瀟洒《しょうしゃ》な屋敷がある。しばらく空き家だったその屋敷は、四年前、新しい住人を迎えた。

屋敷の主《あるじ》になったのは、当時二十五歳の、異国人の青年だった。

ウィルフレッド・ウォッシュボーンという名のその男は、北の国ノルディ出身の医師である。

とある事情で故郷を去り、放浪の旅の途中、彼はマーキス市議会議長夫人の命を救った。それが縁で、上級市民の称号を与えられ、マーキスに住み着くこととなったのだ。

眉目《びもく》秀麗で礼儀正しいこの若者は、マーキスの社交界でたちまち噂《うわさ》の的になった。

当初、人々は、彼が議長を後ろ盾に、貴族相手の診療所を開業するのではないかと考えた。特に若い娘たちは、彼に診察を受けるところを想像して、いささか不道徳なときめきを覚えたものである。

だが彼は、思いがけない選択をした。あまりの激務に長年空席だった、検死官の職に就いたのである。

検死官は警察組織の一部署で、殺人事件の死体を検案することにより、事件の捜査に貢献するのが主な職務とされている。

警察内での地位は高いが、開業医に比べれば収入は少ないし、お世辞にも綺麗で楽な仕事とはいえない。

だがウィルフレッドは、周囲の反対を押しきり、強い意志を持ってその職務を引き受けた。それ以来、彼は華やかな社交界には見向きもせず、犯罪現場を駆け回る生活を続けている。

さまざまな国の人間が出入りするマーキスでも、ウィルフレッドの並外れた長身と短く整えられた銀髪、それに凍《い》てついた北の海を思わせる暗青色の瞳《ひとみ》は、自然と目立ってしまう。

いつしかマーキスの人々は、殺人現場に決まって姿を現すいささか不吉なこの青年を、「北の死神」と呼ぶようになっていた。

そんな「北の死神」ことウィルフレッドの傍らに、最近、小柄な少年の姿が見られるようになった。

孤児院育ちのその少年は、今年十七歳、名はハルという。赤ん坊のとき、港に捨てられているのを拾われた彼には、姓がない。

孤児院を出て、男娼《だんしょう》に身を堕《お》としていたハルは、ふとした偶然でウィルフレッドと出会い、料理人見習いとして彼の屋敷の使用人となった。

だが、いくつかの出来事を経て、彼はいつしか検死官助手としてもウィルフレッドに同行するようになり……そして今では、ウィルフレッドの恋人でもある。

ハルもまた、異国の出身であることが明らかな容貌《ようぼう》をしていた。

生粋のマーキス人は、白い肌に金髪、そして青か緑色の目を持つ。だがハルは、髪も目も闇のような漆黒で、しかも肌は白いながらもやや黄色みを帯び、その色調は見る者に上質の象牙《ぞうげ》を連想させた。

大柄なウィルフレッドと、十七歳にしては華奢《きゃしゃ》で小柄なハル。あまりにも対照的な二人の取り合わせは、ただ一緒にいるだけで人目を引いた。

しかもマーキスの下町には迷信深い船乗りが多く、彼らのあいだでは、黒は不吉な色とされている。

殺人現場に必ず現れる社交嫌いの検死官と、その傍らに寄り添う黒髪・黒い目の少年。そんな取り合わせの不気味さと面白さが人々のあいだで話題に上り、いつしかハルは、「死神のカラス」とあまり嬉《うれ》しくない異名で呼ばれるようになっていた。

憂鬱な冬が過ぎ去り、マーキスは今、春真っ盛りである。木々は一斉に芽吹き、爽《さわ》やかな風には緑が匂《にお》う。

ウィルフレッドの屋敷の庭でも、庭師のダグが丹精して育てた草木が、色とりどりの花を咲かせていた。

そんなのどかな雰囲気の中でも、物騒な事件は起こり、検死官の仕事もいっこうに減りはしない。

その朝も、ウィルフレッドの心地《ここち》よい眠りは、執事のフライトにより無惨に破られた。

「旦那《だんな》様、そろそろお起きになってください。警察から先程、事件の第一報が入りました」

「……うう……」

耳元で囁《ささや》く慇懃《いんぎん》な声から逃げるように、ウィルフレッドは寝返りを打ち、大きな羽根枕《はねまくら》を両腕で抱え込んだ。

普段の隙《すき》のない身のこなしからは想像もできないが、このウィルフレッドという男、実は相当に寝起きが悪いのである。もっとも、日々の仕事がハードすぎて、体力を回復する暇がない……というのも理由の一つではあるのだが。

「……やれやれ」

主の熊《くま》のような情けない姿に、フライトは、わざとらしく大きな溜め息をついてみせた。

四十代半ばの彼だが、実際の年齢を知らなければ、間違いなく三十代だと思われるだろう。まだまだ若々しいその顔立ちはあくまで甘く、いかにもマーキス人らしい、見事なブロンドと明るいブルーの瞳の持ち主である。

以前、彼はとある貴族の屋敷で執事として働いていた。ところが、あろうことかそこの奥方と懇《ねんご》ろになってしまい、クビを言い渡されたのである。

当然、噂は疾風のように町中に広まり、そんな不届き者を雇う家などありはしない。仕方なく、優男ぶりを生かしてヒモ暮らしをしていたフライトを、ウィルフレッドは「妻のない自分ならば、不義密通をされる恐れはない」という理由で、あっさりと雇い入れたのだった。

フライトと同様に、ウィルフレッドの屋敷で働く使用人たちは、皆、過去になんらかの傷を持つ者ばかりである。

料理人のブリジットは、老齢を理由に前の主人から解雇されているし、庭師のダグは、酒に溺《おぼ》れて家族に逃げられた苦い経験がある。メイドのポーリーンは、夫を早くに亡くし、親《しん》戚《せき》に病弱な子供を預けて出稼ぎに来ている身の上だ。

もっと条件のいい使用人をいくらでも見つけられるはずなのに、ウィルフレッドは、ほかでは雇ってもらえなさそうな彼らをあえて選んだ。

仕事さえきちんとこなすなら過去は問わない、というのがウィルフレッドの主義だった。

あるいはそれは、彼自身が過去を捨て、このマーキスに流れ着いたという事情のせいかもしれない。

しかし理由はどうあれ、使用人たちは皆、この風変わりな主人に深く感謝し、日々の仕事に勤《いそ》しんでいるのだった。

そんなわけで、フライトも執事の職務をまっとうすべく、「失礼」と言うなり、容赦なくウィルフレッドの身体《からだ》を暖かく包んでいた羽根布団を引っぺがした。

「うっ」

春とはいえ、朝はまだまだ冷え込む。突然過酷な冷気に曝《さら》され、さすがに一瞬にして目が覚めたらしい。ウィルフレッドはいかにも渋々、身を起こした。

「おはようございます、旦那様。気持ちのいい朝でございますよ」

「……おはよう。お前がもう少し起こし方に配慮してくれれば、さぞ気持ちのいい朝だったろうな」

その広い肩にガウンを着せかけながら、黒い制服を粋《いき》に着こなした執事は、苦虫を噛《か》みつぶしたような顔の主の非難をさらりとかわした。

「それは申し訳ありません。旦那様に、朝食を十分楽しんでいただく余裕をお持ちいただけるよう、少々早めにお起こししたのですが」

「……朝食を？」

ウィルフレッドはそれでもまだ膝《ひざ》から先を布団の中に入れたまま、手櫛《てぐし》で寝乱れた銀髪を直しながら問いかけた。

暗青色の腫《は》れぼったい切れ長の目が、疑わしそうにフライトを見上げている。

フライトは、今朝《けさ》の青空のような瞳を細め、にこやかに頷《うなず》いた。

「はい。よい蜂蜜《はちみつ》が入りましたので、今朝はハルがマフィンを焼くのだと意気込んでおりました。召し上がる暇もなくお仕事に行かれることになっては、あれがさぞ落胆することと存じまして」

ウィルフレッドは極めて堂々とした性格なので、ほかの使用人たちにハルと自分の関係を隠そうとはしない。自分の家の中で、誰《だれ》に遠慮がいるものか、というのが彼の理屈であるらしい。

そんなわけで、万事抜け目のないこの執事は、なんの躊躇《ためら》いも遠慮もなく、ハルのことをダシに使うのであった。

「……なるほど。それは確かに、配慮と言えないこともないな」

「お褒めにあずかり恐縮です。では、どうぞお支度を」

寝室と間続きのバスルームでは、メイドのポーリーンが洗顔の支度を整えて待っている。

執事に促されてスリッパに足を突っ込んだウィルフレッドは、まだぼんやりした寝不足の頭を力なく振りながら、心地よい寝床にしばしの別れを告げた……。

爽やかとは言いかねる目覚めではあったが、それでも身支度を済ませ、朝の日差しを浴びているうちに、徐々に頭が冴《さ》えてくる。

食堂に入ってくる頃には、ウィルフレッドは寝ぼけ顔から、いつもの怜悧《れいり》で精悍《せいかん》な顔つきに戻っていた。

マーキスに来てからも、ウィルフレッドは故郷のかっちりした仕立ての服を好み、髪もマーキス人のように長く伸ばさず、短く整えている。それらは、彼の硬質で端整な顔立ちによく似合っていた。

彼がテーブルにつくとすぐ、フライトがカップに香りのいいお茶を注《つ》ぎ、そのまま出て行った。入れ替わりに、ハルが大きなトレイを両手で持って入ってくる。

普段、給仕はフライトかポーリーンの仕事なのだが、自分の作った料理の評価をすぐに聞きたいときは、こうしてハルがやってくるのだ。

かつては黒髪を疎まれ、頭を布で覆っていた少年だが、この屋敷に来てからは、自分に自信を持てとウィルフレッドに励まされたこともあり、髪を隠すことはしなくなった。

長く艶《つや》やかな髪をうなじできちんと結び、糊《のり》のきいた真っ白のエプロンを身につけたハルは、いかにも初々しい料理人見習いの趣である。

「おはよ、ウィルフレッド」

ハルは、滑らかな頬《ほお》にえくぼを刻んで、ウィルフレッドに朝の挨拶《あいさつ》をした。

マーキス人と違って、あまり彫りの深くない顔立ちのせいか、十七歳という年齢のわりに幼く見える。

あどけなさを残した恋人の笑顔に、朝は本来あまり機嫌のよくないウィルフレッドも、つられて微笑を浮かべた。

「ああ、おはよう。今朝も元気そうだな」

「俺は元気だよ。でも、あんたはちょっと顔色悪いかも。大丈夫か?」

テーブルの上に皿を並べながら、ハルは心配そうにウィルフレッドの顔を覗《のぞ》き込んだ。黒いつぶらな瞳に、ウィルフレッドは小さく肩を竦《すく》めてみせた。

「ここのところ、やたらに解剖が多いからな。いささか疲れが残っているが、たいしたことはない」

「だったらいいけど。……あのさ、これ! 今朝は俺が生地から作らせてもらったんだ」

そう言いながら、ハルはナフキンの包みを開いた。

ふわりと甘い香りが鼻をくすぐる。中から出てきたのは、見事なきつね色に焼き上がったマフィンだった。

「ああ、フライトから聞いた。蜂蜜のマフィンだそうだな」

「うん。ブリジットが教えてくれたんだ。蜂蜜には、砂糖よりうんと身体にいいもんが入ってるって。だから。……あと、オムレツにもまた挑戦してみた! ベーコンも!」

どうやら、自分はよほどくたびれた顔をこの少年に見せてしまっていたらしい……と、ウィルフレッドは苦笑いした。

彼の故郷ノルディでは、マーキスと違って、朝食にあまり重いものは摂《と》らない。せいぜい、甘い飲み物とパン程度だ。

この屋敷の主になってからも、使用人には十分食べるようにと言い渡しはしたが、彼自身はお茶とトースト、それにせいぜい茹《ゆ》で卵を一つというのが、朝食の定番メニューである。

だが、今朝ハルが用意したのは、伝統的なマーキス風の朝食だった。いつものトーストに加え、甘いマフィンとフルーツ、卵料理にはベーコンと焼いたキノコまで添えてある。

ハルはきっと、充実した朝食で、ウィルフレッドに元気を出してもらおうと頑張ったに違いない。

正直を言えばあまり食欲はなかったが、ハルの心遣いに感謝して、ウィルフレッドはマフィンに手を伸ばした。

焼きたてのマフィンを手で割ると、ほっこりと湯気が立ち上る。しっとり焼き上がった生地はきめ細やかで、頬張ると、蜂蜜の優しい甘さにマーマレードの爽やかな風味がよく調和していた。

「旨《うま》い」

素直な感想を口にすると、緊張の面持ちでウィルフレッドを見守っていたハルの顔に、再び無邪気な笑みが戻った。

「ホントに？　よかった」

「ああ。膨らみ具合も味もいい」

ウィルフレッドは続いて、オムレツとベーコンも味わってみた。

「ベーコンの焼き加減はいいが、オムレツはあと一歩というところだな。外側が硬くなりすぎている。形を整えるのに手間取っただろう」

母一人子一人の貧しい家庭で育ったウィルフレッドだけに、たとえ出された料理がどんなに不出来でも、食べ残すようなことはしない。

だが、ハルが厳しい評価を求めていることを知っているウィルフレッドは、あえて率直な感想を口にした。

ハルは悔しそうに、しかし素直に頷く。

「うー。確かに。木の葉形っての？　オムレツをその形にまとめるのが、すごく難しいんだよな」

「だが、前回よりはずっと上手になっているぞ。回数を重ねれば、もっと上達するさ」

「うん、頑張るよ。卵料理がいちばん難しいもんだって、ブリジットが言ってたから」

「なんにしても、魚の頭を落とそうとして錆《さ》びたナイフで手を切っていた頃に比べれば、格段の進歩だ」

「……それはもう言わないでくれよ。恥ずかしいから」

からかいを含んだウィルフレッドの言葉に、ハルは頬を赤らめる。

二人が出会ったとき、ハルはオールドタウンの男娼を斡旋《あっせん》する酒場で店番をしていた。

ウィルフレッドが朝食を所望したために、ハルが人生初の魚料理に挑戦して大惨事となり、呆《あき》れたウィルフレッドにお手本を見せてもらった……というのが二人が今の関係に至るそもそものきっかけだったのだ。

「んじゃ、俺、厨房《ちゆうぼう》に戻るな。今度はほかのみんなの朝飯、仕上げなきゃだし」

当時のことを思い出したのだろう。愛《いと》おしげに自分を見ているウィルフレッドの視線に照れて、ハルはまだ上気した頬のまま部屋を出て行こうとする。

「ああ。……そうだ、ハル」

だが、そんなハルを呼び止め、ウィルフレッドは言った。

「九時に、警察が迎えに来るそうだ。出られるか？」

「え？　事件？」

ハルが振り向いたときには、ウィルフレッドはもう検死官の厳しい面持ちになっている。

「ああ。オールドタウンでまた殺人だ」

「わかった。それまでに厨房の仕事を片づけちまうよ」

「悪いが、頼む」

「じゃ、あとで！」

ハルは軽やかな足取りで扉の向こうに消える。その小さな背中を見送り、ウィルフレッドは嘆息した。

「元気なものだ。……十代の若さには勝てないだろうが、せめて負けないようにしないとな」

しみじみとそう呟き、彼は二つめのマフィンに手を伸ばしたのだった。


それから二時間後。

ウィルフレッドは、オールドタウンの一角に到着した。彼の後ろには、検案用の器具が詰まった大きな革鞄《かわかばん》を提げたハルがつき従っている。

「よう先生、おはよう。小僧も元気そうだな」

事件現場となった建物の玄関前で二人を迎えたのは、金モールの肩章つきの制服を着込んだ、恰幅《かっぷく》のいい大男……マーキス警察のエドワーズ警部だった。

根っからの現場主義で、警察の下働きから手柄を積み重ね、四十代にして異例の出世を遂げた伝説の人物である。

今はニュータウンに居を構える身の上だが、元はオールドタウン出身だけに、この地区で起こる事件は他人事ではない。

お互い仕事熱心なので、ウィルフレッドとはよく気が合う。ウィルフレッドの検死官就任以来、二人は協力し、多くの殺人事件を解決してきた。

「おはよう、エドワーズ。どんな事件だ？」

ウィルフレッドはジャケットを脱ぎ、ハルに手渡しながら訊《たず》ねる。エドワーズは、もじゃもじゃの赤毛を片手でかき回しながら簡潔に答えた。

「強盗殺人だよ。……ま、中に入ってくれ。現場を見ながら話を聞くほうがいいだろ」

そう言うと返事も待たず、エドワーズは部下たちに手で合図し、建物の中に入って行く。

ウィルフレッドとハルも、あとに続いた。

建てつけの悪い扉を開けると、すぐに二階に続く急な階段がある。エドワーズは、「こっちだ」と言いながら、階段をドスドスと上がって行った。

エドワーズの胴幅と階段の幅は、ほとんど同じである。彼の腰に圧《お》されて、古ぼけた手摺《てす》りがミシミシと音を立てた。

「オッサンが落ちてきたら、俺たちもれなく巻き添えだな。下手すりゃ、こっちが死人になっちまう」

「……こら」

小声で冗談を言うハルを窘《たしな》めつつ、ウィルフレッドはさりげなく、前を行くエドワーズとの距離を長くした。

「ここだ。入ってくれ」

エドワーズは、二階の一室に二人を案内した。室内で現場の状況を調べていた彼の部下たちは、場所を譲って入れ替わりに出て行く。

狭い室内には、胸が悪くなるような臭《にお》いが充満していた。

ハルにはそれが腐臭だとすぐにわかった。ウィルフレッドの助手になって以来、血の臭いと死臭にはすっかり慣れっこになってしまったのだ。

「……かなり時間が経《た》っているようだな」

ウィルフレッドは顔を顰《しか》めた。エドワードは頷き、部屋の片隅を指さした。

「ああ。殺されたのは、あそこにひっくり返ってる婆さんだ」

見れば、粗末なベッドと壁のあいだに、痩《や》せた老婦人が倒れている。近づいて遺体を見たハルは、なんともやりきれない顔つきになった。

もはや腐敗のかなり進んだ老婆の手が、死してなおしっかりと抱えていたもの……それは、おそらく金を貯《た》め込んでいたと思われる小さな陶器のツボだったからだ。

埃《ほこり》っぽい床には、何枚かの硬貨が散らばっていた。

ウィルフレッドも、同じことに気づいたのだろう。端整な顔を曇らせ、エドワーズを見た。

「なるほど。小金を貯め込んだ年寄りを狙《ねら》ったというわけか」

「そのようだ。近所では、ケチで有名な婆さんだったからな。しこたま貯め込んでると思われて、狙われたんだろう。本当のところ、このツボにどのくらい入ってたのかは、わからねえが。身寄りがないもんで、発見がすっかり遅れちまった」

「ふむ……」

エドワーズは、太い指で部屋の扉を指さした。

「玄関の錠前がボロでな。賊は夜中にそれをぶっ壊して侵入、寝てる婆さんを脅した。金の入ったツボを出させたはいいが、婆さん、渡すのを渋ったんだろうな。で、殺された……と」

「なるほど。……ハル」

「はいっ！」

ウィルフレッドがシャツの袖《そで》をまくり上げるのを見て、ハルはすぐにテーブルの上に鞄を置き、中から薄い木綿《もめん》の手袋とピンセットと定規を取り出した。それらをウィルフレッドに渡しておいて、自分は筆記の支度を素早く調える。

ウィルフレッドは手袋を嵌《は》めると、ツボを床の上に置き、遺体から慎重に服を脱がせた。そして、凄《すさ》まじい臭気には少しも怯《ひる》まず、検案を始める。

「腐敗変色や粘膜の乾燥がかなり進んでいる。死後、一週間は経っているな。後頭部に大きな陥没骨折と挫創《ざそう》がある」

「かんぼつ、骨折と、ええと挫創……っと」

ウィルフレッドが死体を調べて告げる所見を、ハルは一言も漏らさず書き留める。最初の頃は、耳慣れない医学用語に四苦八苦していたが、最近では、ようやくあまり聞き返さなくても筆記ができるようになってきた。

「壁の、死者の頭と同じくらいの高さに古い血痕《けっこん》がついている。それに、ひっつめ髪の、前髪だけがひどく乱れて、脱毛も多い」

ウィルフレッドの言葉に、ハルは遺体と壁の血痕を見比べ、考え考えこう言ってみた。

「ってことは、この婆さんを殺した奴は、婆さんの前髪を引っ摑《つか》んで、壁に頭を叩《たた》きつけた？　じゃあ、犯人はきっと体格のいい男だな。いくら婆さんでも、暴れなかったってこたぁないだろうし。頭蓋骨《ずがいこつ》が折れるほど叩きつけようと思ったら、相当力持ちじゃなきゃな」

「俺も同感だ。陥没骨折による脳損傷が、致命傷になったと考えるのが妥当だろう。……ハル、よく犯人像まで推測できたな。お前はなかなか筋がいい」

ウィルフレッドは少し驚いた様子で目を見張った。

「へへ。あんたの仕事見てると、いろいろ勉強になるから」

ハルは誇らしげに鼻の下を擦《こす》る。エドワーズも、感心したようにハルの頭を大きな手でポンと叩いた。

「やるじゃねえか、小僧。ってこたぁ、この婆さんが抱えてるツボは……」

「賊はこのツボを奪い、中に入っていた金を持って逃げたんだろう。この女性は、最後の力を振り絞って、大切なツボを抱え込み……そして息絶えた」

ウィルフレッドの推測に、エドワーズはごつい顔を歪《ゆが》めるようにして笑った。

「恐ろしいもんだな、殺した奴も殺された奴も、金に対する執着はたいしたもんだ」

「まったくな。……で、犯人の目星は？」

「最近、この手の押し込みが何件か続いてる。部下に、あんたが教えてくれた指紋ってやつをとらせて、同じ犯人かどうかを調べようとしてるところだ」

ウィルフレッドは満足げに頷き、老婆の遺体が抱え込んだままのツボを指さした。

「なら、是非ともあのツボから指紋を採取するといい。金を貯め込んでいたんだ、生前、本人以外が触れていたとは思いがたい」

「なるほど！　ってこたぁ、この婆さんの指紋以外のものが出りゃ、それが賊の指紋ってわけだな」

「ああ。……君たちが触れていなければ」

「なあに、触った奴がいりゃ、そいつの指紋も外すさ。……で、先生、念のため訊《き》くが、解剖するかい？」

ウィルフレッドはしばらく考えてから、かぶりを振った。

「いや、やめておく。これだけ腐敗が進んでいては、有用な所見が得られるとは考えにくい。それに……まだほかの事件が控えているんだろう？　さっき、部下があんたに耳打ちしにきていた」

ウィルフレッドは汚れた手袋を外しながらやや皮肉っぽい口調でそう言った。エドワーズは、苦笑いで頭を掻《か》く。

「お見通しってやつか。悪いな。もう、次の現場からお呼びがかかってる。カナ港近くの浜に、男の水死体が揚がったってよ」

「わかった。すぐ向かおう」

「頼む。向こうで担当の奴が待ってるはずだ。……また、午後からどこかでツラを見るはめになるかもしれんが、ひとまずお疲れさん。小僧もな」

「……そちらこそ。行くぞ、ハル」

「うん！　じゃ、またな、オッサン」

エドワーズに別れを告げ、ウィルフレッドとハルは事件現場をあとにした。

建物の前には、検死官専用の二頭立ての馬車が待機していた。すでに指示を受けているのだろう。二人が乗り込むと、何も言わなくても馬車はすぐに走り出す。

「うへ……なんか服に臭いがこびりついた感じがする」

ハルは上着の袖に鼻を寄せ、顰めっ面をした。いくら慣れたといっても、悪臭を快く感じられるはずはない。

ウィルフレッドもいささかうんざりした顔で、馬車の窓の覆いを上げた。そうすると、外気が勢いよく入ってきて、綺麗な空気を吸い込むことができる。

肺によどんだ死臭を深呼吸で追い出し、二人はようやく人心地ついて、窓の外の景色を眺めた。

馬車はガタガタする石畳の道を南へ向かって走って行く。

やがて、ごみごみと立ち並ぶ家の隙間から、陽光を受けて光る海が見えてきた。

「わあ、海だ！　懐かしいなあ」

ハルは歓声を上げた。ウィルフレッドは、眩《まぶ》しげに暗青色の目を細めて、紺碧《こんぺき》の海を眺めた。

「懐かしい？」

ハルは、嬉しそうな顔で頷く。

「ちょっと大袈裟《おおげさ》だけど、ほら、お屋敷のあるあたりからは、海は遠くにしか見えないだろ。俺の育った孤児院は、海のすぐ傍《そば》にあったからな」

「……ほう。海は好きか？」

ハルは大きな瞳を輝かせて頷いた。

「俺たちは孤児院から外へは出してもらえなかったから、海に入ったことはないんだけどさ。

でも、見るのは好きだった。この海が、ずーっと俺の知らない世界まで続いてるんだなって思いながら、でっかい船が行き交うのをいつも眺めてた。俺も……どっか遠い遠い国から、この海を渡って連れてこられたんだろうなって」

「ハル……」

ハルは、身を乗り出さんばかりに見ていた海から顔を背け、ウィルフレッドの傍らに座り直した。

「いつかあの海から、両親が迎えにきてくれるんじゃないか……そう夢見てた頃もあった。親の顔も名前も知らないのにさ。ガキんときの話だけどな」

「…………」

そんな話を聞いただけで、ウィルフレッドの脳裏には、ほかの子供たちからぽつんと離れ、膝を抱えてじっと海を見ている幼いハルの姿が見えるような気がした。

自分が何者かわからない。それ以上の不安があるだろうか。

生まれながらにして根無し草のような立場に置かれても、ハルはこうも素直に伸びやかに、そして力強く育ち、今こうして自分の傍らにいる。

その不思議に深く胸を打たれて、ウィルフレッドは思わずハルの小さな肩を抱き寄せた。

いくら馬車の中とはいえ、窓の覆いを上げたままなので、外から彼らの姿はある程度見えてしまうだろう。

「うわっ！　な、なんだよ」

　ハルは仰天したが、ウィルフレッドは少しも気にせず、少年の耳元に囁いた。

「海を渡ってここに来たのは、この俺だ。それでは不満か？」

「ウィルフレッド……？」

「偶然も、重なればただ一つの必然に姿を変えるのかもしれん」

「……は？」

「俺が国を出ることになったのも、マーキス行きの船に乗ったのも、議長夫人の急病に居合わせたのも、マーキスに住むことになったのも、検死官になって、あの酒場でお前と出会ったのも……すべては偶然だ」

「う、うん」

　ウィルフレッドがいったい何を言いたいのかわからず、ハルは目をパチパチさせながら耳を傾けている。

　ウィルフレッドは、訥々《とつとつ》とした口調で言葉を継いだ。

「そうした偶然はすべて、お前と今、こうしてともにいるために必要なものだったように、俺には思える」

「……ウィル……」

　ウィルフレッドは微笑して、ハルの戸惑い顔を見ながらこうつけ加えた。

「俺には、お前がどこの誰かを教えてやることはできない。だがもしお前も、このマーキスで俺と出会うために、これまでの人生があったのだと考えてくれるなら……その、なんだ。俺も、生きている甲斐《かい》があるというものだ」

そんな飾りけのない言葉に、ハルは、ようやくウィルフレッドの胸の内を理解することができた。

哀れみや同情など、ハルは決して求めない。だが、ウィルフレッドが自分にくれるのはそんな安っぽいものではなく、いつも、心からの労《いたわ》りと真摯《しんし》な愛情だった。

これまでハルはずっと、「たくさんの中のひとり」にすぎなかった。

孤児の中のひとり、男娼の中のひとり。

自分の存在意義など、どこにも見つからない十七年だったのだ。

けれどウィルフレッドは、そんなハルに初めて、ハルがハルでいる理由をくれた人だった。ほかの誰でもない、お前が大切で愛おしいのだと、折に触れて何度も繰り返し教えてくれるウィルフレッドの優しさに、ハルはいつも泣きたいような気持ちになる。

「……ありがとな。……けどっ!」

嬉しさと恥ずかしさが綯《な》い交《ま》ぜになって、ハルはやや乱暴にウィルフレッドの腕を振りほどいた。

「いつまでひっついてんだよっ！　みんな見るだろ！」

うっかりすると、包み込んでくれる腕の心地よさに甘えてしまいそうになるが、馬車の壁一枚隔てて、そこは天下の往来なのだ。

だが、妙なところで神経の太いウィルフレッドは、むしろ不思議そうな顔をした。

「べつにこの程度、かまうまい。不埒《ふらち》な振る舞いに及ぶなら問題だろうが」

「これも十分、不埒予備軍だっての！」

「……そうか？」

ウィルフレッドのとぼけた反応に呆れたハルは、熱くなった頬を両手で冷やしながら、窓に顔を寄せた。

「そうだよ！　検死官どのは好き者だって噂が立ったらどうす……あれ？」

ハルはそのまま、窓から首を突き出し、身を乗り出そうとする。

「危ない！」

ウィルフレッドは慌ててハルの肩を摑み、車内に引き戻した。

「何をしている。ほかの馬車とすれ違いでもしたら、首が飛ぶぞ」

「ご、ごめん。でも……」

ハルは謝りながらも、なお未練がましく窓に張りついた。

「いったい、何が見えたというんだ」

そう問われてもまだしばらく外を見ていたハルは、どすんとウィルフレッドの隣に腰を下ろして開口一番こう言った。

「見間違いだったのかなあ」

「何がだ」

「いや……ここ、もうカナ港の近くだろ？　あそこに、ネイディーンの神殿の屋根が見えてるもんな」

「ああ、それが？」

「なんかさっき、フライトさんが歩いてたのが見えたんだけど……変だよな？」

珍しく歯切れの悪い口調でそう言ったハルに、今度はウィルフレッドが呆れ顔をした。

「馬鹿な。こんなところに、フライトがいるはずがない」

「うーん、俺もそう思ったから、もっとよく見ようとしたんだよ。確かにハッキリ見えたわけじゃないけど、俺、目はいいほうだし……。あれ、フライトさんだったと思うんだけどなあ。何か包みを抱えて、神殿のあるほうから歩いてきて……で、どっかの路地に入ってったんだ」

ハルは口をへの字にして小首を傾《かし》げる。だがウィルフレッドは、それを一笑に付した。

「ありえない。俺が今朝フライトに頼んだのは、手紙の投函《とうかん》だけだ。こんなところまで出てくることはないだろう」

「だよなあ……。うーん、でも……」

まだ右へ左へと首を捻《ひね》ってブツブツ言っているハルに、ウィルフレッドは失笑してこう言った。

「なら、屋敷に帰って本人に確かめてみるといい。それより、もうすぐ到着だ。準備をしておけ」

「あ、うん。さっき慌てて現場から出たから、鞄の中身、ぐっちゃぐちゃ……」

ハルは膝の上にずっしり重い革鞄をのせ、中に入っているものを慌てて整頓《せいとん》し始めたのだった。

＊　　＊

その日の夕食後、ウィルフレッドはハルを書斎に呼び、デスクワークの手伝いをさせていた。

検死官の仕事は、死体検案だけではない。むしろ、その後の報告書作成のほうが、時間と手間のかかる作業なのである。

書類を書くのはあくまでウィルフレッドの仕事だが、その他の、たとえば資料を捜したり、書き上がった書類をまとめたりするのは、この屋敷に来てからというもの、ハルの重要な仕事の一つになっていた。

「おっかしいなあ……」

書類の角をとんとんと机に打ちつけて揃《そろ》えながら、ハルは呟く。ウィルフレッドは苦笑いで声をかけた。

「まだ言っているのか」

ハルは勤勉に手を動かしつつ、不満げにウィルフレッドを見る。

「だってさ。やっぱり思い出せば思い出すほど、昼間のあれはフライトさんだった気がするんだよ」

「だが、本人はそんな場所には行っていないと断言していたじゃないか」

「そりゃさぁ。もしホントは行ってたとしても、正直に白状するわけないじゃん。仕事をさぼってたことになるんだから」

「それはそうかもしれないが」

「俺だって、別にフライトさんを悪者にしたいわけじゃないぜ。でも、やっぱどっかで納得いかないっていうか……」

ハルは書類に視線を戻し、モゴモゴと口の中で聞き取れない言葉を口にする。ウィルフレッドは、ペンを止めて嘆息した。

「いったいなぜ、そんなにフライトのことが気になる?」

「え?」

もう一度ウィルフレッドを見たハルは、驚いて目をパチパチさせた。ウィルフレッドが、妙に険しい顔つきをしていたからだ。

「すべき仕事をきちんと片づけた上のことなら、俺の留守中に使用人がどこへ出かけようと、俺は別段気にしないぞ」

「う……うん」

ウィルフレッドが急に尖《とが》った声を出したので、ハルはドギマギしながら相槌《あいづち》を打つ。

「屋敷の主たる俺がどうでもいいと言うものを、お前がそうまで気にすることはないだろう。……それとも、それがフライトだから気になるとでもいうのか？」

「え？」

「その……。フライトのことを、特別視しているのか、という意味だ」

早口にそう言って、ウィルフレッドはハルから目を逸《そ》らし、ガリガリと凄まじい筆圧で書類を書き始めた。

「……は……？」

ハルはぽかんとして首を傾げた。

「何言ってんの？」

「べつになんでも……」

バリッ！

あまりにも強い筆圧に、ついに紙にペン先が引っかかり、破けてしまった。

滅多に口にしない悪態をつき、ウィルフレッドは駄目になった書類をくしゃくしゃに丸め、くずかごに叩き込む。

「……くそッ」

その顔に険だけでなく自己嫌悪の表情が浮かんでいるのを見て、ハルはようやくウィルフレッドの言葉の意味に気づいた。

「……ったく、マジで何言ってんだよ」

ハルは、きちんと仕上げた書類を机の上に置き、立ち上がった。

ムキになって自分から顔を背けているウィルフレッドに困った顔をして、少し考えてから、

「……よいしょ」とおもむろにウィルフレッドの膝に横向きに座る。

「な……！」

ウィルフレッドはギョッとしたが、それでもハルを膝から落としはしなかった。不安定な体勢のハルを抱き支えようかそれとも……と迷っているらしく、両手が中途半端に宙に浮いている。

「へへー」

半ば無理やりウィルフレッドの顰めっ面を覗き込み、ハルは面白そうに笑った。

「……なんだ、いったい」

「それは俺の台詞《せりふ》。なんだよ、いったい。もしかして、妬《や》いてんの？」

「……む……」

ウィルフレッドはムスッと唇を引き結んだ。しかしそれこそが、何より正直な肯定の返事である。

「ばっかじゃねえの」

ハルはクスリと笑って、ウィルフレッドの高く通った鼻筋を強く摘《つま》んだ。

「お、おい、ハル。痛い」

鼻声で抗議するウィルフレッドを無視して、ハルは互いの鼻先がくっつくほど顔を寄せ、囁いた。

「俺が、フライトさんのこと好きだと思ったんだ？」

「……そこまで考えたわけでは」

「でも、そういう意味で気にしてるんじゃないかって、ちょっとは疑ったんだろ？」

「お前が、今日はフライトのことばかり言うからだ」

ボソリと答えるウィルフレッドの目元がうっすらと赤い。ハルは、そんなウィルフレッドの首に、軽く両腕を巻きつけた。

「そりゃ……俺だってなぜだかわかんないけど、ちょっと引っかかったから。それだけだよ」

「………」

「べつに好きだから気になってるんじゃない。ま、仕事仲間ってか、上司としちゃ嫌いなほうじゃないけど、そんだけだ」

「……わかっている」

「だったらなんで」

「わかっていても、面白くないものは面白くない。自分の恋人が、二人きりのときにほかの男の話ばかりするのはな」

気の利いた駆引きには縁のないウィルフレッドである。ストレートな嫉妬《しっと》の言葉は、彼の愛情の深さをそのまま表していて、ハルを嬉しい気持ちにさせてくれる。

「……なぜ笑う。俺は腹を立てて……」

「わかってる。ごめん。でもさ。あんたがそんなことでヤキモチ焼いてくれるなんて思ってなかったから……正直、ちょっと嬉しいよ」

自分を睨《にら》んでいる恋人の真一文字の唇に軽くキスして、ハルは悪戯《いたずら》っぽい口調で囁いた。

「ほんと、からかってごめんな。どうすりゃ機嫌直してくれる？」

「……そうだな」

ウィルフレッドは、ハルのすべすべした頬を撫《な》で、まだ不機嫌をわずかに残した顔つきで囁き返した。

「あとで、俺の部屋に来るか？」

「そ、それ言うなら、来るか、じゃなくて来い、だろ。変なとこで押しが弱いよな、あんた」

優しくされると照れてしまうハルは、顔を赤くしてそんな憎まれ口を叩く。ウィルフレッドは、熱くなった少年の頬にキスして言った。

「無理強いはしたくない。で、来るのか来ないのかどっちだ？」

「行くよ。当たり前じゃん。……さ、さーて！　ほいじゃ、ちゃっちゃと仕事片づけちまうか！」

はにかんだ笑顔で恋人の誘いを受けたハルは、照れ隠しのように、ことさら勢いよくウィルフレッドの膝から飛び降りた……。


同じ夜、日付が変わろうとする頃。

厨房の掃除を済ませ、朝食の下ごしらえを終えて、ハルは屋根裏部屋の自室に戻ってきた。片手に抱えていた木桶《きおけ》を、机の上に置く。木桶の中には、オーブンの余熱で沸かした熱い湯がなみなみと入っていた。

屋敷の主人であるウィルフレッドと違って、ハルたち使用人は、好きなときに入浴するというわけにはいかない。

バスを使うためには、厨房で大鍋《おおなべ》に湯を沸かし、それを同じ階の使用人用浴室まで運んで浴槽に空ける……という骨の折れる作業を、何度も繰り返さなければならないからだ。

特例として、ウィルフレッドに呼ばれたときには風呂《ふろ》を使ってもかまわない……ハルはフライトにそう言われていた。とはいえ、そんなことをしては、今夜はウィルフレッドと寝ると宣言しているようなもので、いたたまれないことこの上ない。

しかし、厨房の仕事で汗みずくになるので、そのままウィルフレッドのベッドに潜り込むのも気が引ける。

そこでハルは、いつもこうして木桶一杯の湯を自室に持ち込み、身体を拭《ふ》き清めることにしていた。

一日の労働で汚れた服を脱ぎ捨て、湯に浸して絞ったタオルで素っ裸の全身を手早く拭きながら、ハルはうんざりした顔で自分の二の腕を見た。

「うーん……細い！」

貴族階級の屋敷で、主人と使用人の食事にハッキリした格差をつけることはごく当たり前のことだ。しかしウィルフレッドは、自分と同じものを食べるよう、ハルたちに指示していた。

そのほうが、別の物をわざわざ調理するより手間が省け、材料にも無駄が出ないだろうというのだ。

そもそもウィルフレッドは、どちらかといえば質素な生活を好むようだった。

日々の食事も、ほかの貴族たちのように豪華な料理を食べきれないほどテーブルに並べるのではなく、一皿盛りで十分だと言ってはばからない。

実に合理的だが型破りな主の方針に従い、ブリジットとハルは、食材のいちばんいい部分をウィルフレッドの食卓に供し、残りをありがたく使用人一同でいただくことにしていた。

（いっぱい食わせてもらってんのに、細っこい腕だよなあ……）

孤児院にいるあいだはほかの子供たちにしょっちゅう食事を横取りされていたし、そこを出て酒場で男娼をしていたときも、決して満足に食べられはしなかった。

けれど、この屋敷に来てからは、肉でも魚でも、とにかく質のいいものを日に三度、腹いっぱい食べさせてもらっている。

おかげで、口やかましいフライトにさえ褒められるほど髪の艶がよくなったし、自分でも、以前よりうんと元気になったと思う。

それでも、背はいっこうに伸びる気配がないし、身体も痩せっぽちのままだ。

メイドのポーリーンに言わせれば、「だって、毎日そんなに動き回っていたら、余計な肉なんてつくわけがないじゃないの」ということなのだが、力仕事をしているのだから、せめて二の腕くらいもう少し太くなってもいいのにと思うハルである。

（ウィルフレッドがすごくがっしりしてるから、よけい気になるんだよな）

わりに着痩せして見えるタイプのウィルフレッドだが、実際はかなり骨太で筋肉質だ。検死作業のときはどんな力仕事でも楽々とこなすし、一度は舞踏会で、女装したドレス姿のハルを片腕で抱き上げたまま、息も乱さず一曲踊りきってみせた。

彼と同じくらい……というのはどだい無理だとしても、せめて小さな力こぶくらい作れるようになりたいものだと、ハルは必要以上に力をこめて、ゴシゴシと細い身体を擦った。

身体を拭き終えると、ハルは洗いたての下着と夜着を身につけ、ショールを羽織って自室を出た。

ほかの使用人たちは皆、とっくに眠りについているはずだ。少年は燭台を手に、足音を忍ばせて階段を下りた。

ウィルフレッドの寝室は、二階の廊下の突き当たりにある。

ハルがこの屋敷に来るまでは、ウィルフレッドはこの広い主寝室をほとんど使っていなかった。豪奢な天鵞絨《ビロード》の天蓋《てんがい》つきのダブルベッドなど大袈裟だし、大きな部屋では暖炉の薪《まき》も無駄になると、書斎の隣の小部屋にベッドを置かせ、そこで寝起きしていたのである。

しかし、傷ついたハルを主寝室に運び込んでから……いや、もっと有り体にいえば、ハルと恋人関係になってからというもの、これまで敬遠していた大きなベッドが、二人で眠るのに好都合になったというわけなのだった。

扉をごく軽くノックすると、落ち着いたいらえが聞こえた。

「お入り」

ハルは自分の身体が入る分だけ細く扉を開け、室内に身を滑り込ませる。

寝室は、枕元のランプのみを残して灯りが消されていた。ウィルフレッドは、積み重ねた枕に上半身を預け、ベッドの中で本を読んでいる。

「おいで、ハル」

何度もこうして寝室に通ってきているのに、いつまでもモジモジしてしまうハルに、ウィルフレッドは微笑し、枕を軽く叩いて呼んだ。

「……うん」

恥ずかしそうな笑みを浮かべ、ハルは火を消した燭台をサイドテーブルに置き、ベッドに潜り込んだ。ウィルフレッドに寄り添って、広げたままの本を覗き込む。

「何、読んでんの?」

「憲法の本だ。俺の故郷とこのアングレでは、刑法が違う。検死官としては法律をしっかり理解しておくべきなんだが、なかなか暇がなくてな」

これから色事に及ぼうというときに、法律書など広げているカタブツ極まりない恋人が可笑《お》笑《か》しくて、ハルはぷっと吹き出した。

ウィルフレッドは、怪訝《けげん》そうに眉根《まゆね》を寄せる。

「なぜ笑う？」

「だって……。誰かとやる前に、法律の本なんか読む奴、俺、見たことないんだもん」

「……では、何を読んで待つのが普通なんだ？」

あくまで生真面目《きまじめ》な恋人の問いに、ハルはまだ肩を震わせながら答えた。

「普通は本なんか読まないんだよ、こういうときは」

「なら、何をして待てばいい？　本でも読んでいなければ、眠り込んでしまいそうだった」

ハルがあまりに笑うので、ウィルフレッドはふてくされた口調でそう言い返した。

それは確かに無理もない、とハルは思った。

せっかく長年勉学に励み、医者になったというのに、名誉職とはいうものの世間的には日陰の職業と見なされる検死官に就任する物好きなど、ウィルフレッドのほかには誰もいない。

交代要員がいないとなれば、結局彼は常に勤務中に等しい状態なわけで、実際、警察から呼び出しがかからない日など、月に片手で数えるほどしかなかった。

今日も殺人現場を四つも駆け回り、結局二体を警察署に持ち帰って解剖した。

その上、帰宅してからは書類作成というこれまた骨の折れる仕事が待っている。

ハルが助手になってずいぶん楽になったとウィルフレッドは言うが、医学の心得などまるでないハルが手伝えることは、決して多くない。

（毎日こんな感じだもん、疲れも溜《た》まるってもんだよ）

そう考えたハルは、こう言ってみた。

「今日も大忙しだったもんな。そんなに疲れてるんなら、もう寝る?」

無論、ウィルフレッドに抱かれるつもりで自分はここに来たのだし、実際そのために呼ばれたのだとわかっている。それでも、もしウィルフレッドがそうしたいなら、身を寄せ合って眠るだけでもかまわない。激務のウィルフレッドをハルは思いやったのだ。

だが、ウィルフレッドは眠そうな顔をしつつも、本を閉じてハルを抱き寄せた。

「魅力的な提案だが……そんなに枯れたことをしては、年下の恋人に愛想を尽かされても文句を言えなくなる」

「そ、そんなことないって」

「それに幸い、まだそこまで老け込んではいないようだ」

「え? あっ……」

ゆっくりとウィルフレッドの大きな身体が覆い被《かぶ》さってくる。優しく押し倒され、唇を重ねられて、ハルは甘い吐息を漏らした。

どんなときも、ウィルフレッドは決してハルを乱暴に扱わない。ことの始まりは、いつも啄《ついば》むようなキスだった。

何度も触れるだけのキスを繰り返されるうちに、ハルのほうが焦《じ》れて、ウィルフレッドの首をギュッと抱く。それを合図に、口づけは深いものになっていった。

「ふっ……ん、ん……」

ハルは唇を開き、ウィルフレッドの舌を迎え入れる。

持ち主の体格さながらに力強く、それでいてしなやかな舌が、ハルの口腔《こうこう》を探り、無意識に逃げる小さな舌をからめとった。

「ん……ふ」

ハルは苦しげに眉根を寄せ、鼻にかかった甘い息を漏らす。

そんなハルの寝間着のボタンを、ウィルフレッドの長い指が、次々と器用に外していった。

「あ、んっ」

胸元に差し入れられた大きな手に敏感な突起を探り当てられ、ハルの口からは高い声が上がる。

「は、ふ……」

慌てて口を塞《ふさ》いだハルの手首をやんわりと摑んで外し、ウィルフレッドはその桜色に染まった耳元で囁いた。

「大声は不都合だが、多少の声ならほかの連中には聞こえない。気にするな」

「そんなこと……言ったって、あっ」

寝間着を剝《は》ぎ取り、露《あら》わになったハルの痩軀《そうく》に触れながら、ウィルフレッドは喉声《のどごえ》で笑った。

「……無理、か？　では、せいぜい羞恥《しゅうち》を忘れるほど夢中にさせるべく、努力しよう」

「何言っ……あ、んんっ」

指先で硬く尖らせた乳首を口に含まれ、ハルは柳の枝のように背中をしならせた。

ぬるついた舌が、敏感になった突起をつぶすように圧す。そのむず痒《がゆ》いような感覚に堪えていると、今度は軽く歯を立てられ、チリッとした痛みが、身体の奥底に眠っていた快楽の導火線に火をつける。

「やっ、は……ん」

その一方で、ウィルフレッドの手は、ハルの下腹部へと滑った。緩く勃《た》ち上がったそこをざらついた手に捉《とら》えられ、ハルは急激にこみ上げる快感に息を詰めた。

孤児院を出てから一年近く、騙《だま》されて背負った借金を返すため、男娼としての生活を余儀なくされていたハルである。

男性との行為そのものには慣れていても、相手を高ぶらせ、早く終わらせる手管ばかりを教え込まれてきた。自分自身の快楽など、二の次どころか、考えたこともなかったのだ。

だからこそ、ウィルフレッドとのセックスは、当初、ハルをひどく戸惑わせた。

何しろ、ハルのほかには、かつての妻としか寝たことがないという驚異的な身持ちの堅さを誇る（本人は決してそれを自慢してはいないのだが）ウィルフレッドである。

当然、技巧などというものは持ち合わせていないが、それでもその無骨な愛撫《あいぶ》には、ハルを気持ちよくさせてやりたいという思いが満ちている。気遣われ、慈しまれることに慣れていないハルの身体は、ウィルフレッドに触れられるたび、初々しい戸惑いと歓びを覚えてしまうのだった。

「んっ、あ、あ！」

強く扱《しご》かれると、たちまち溢《あふ》れる雫《しずく》がウィルフレッドの荒れた手を濡《ぬ》らした。

二人ともひどく疲れているせいか、いったん火がついた身体は、すぐに繋《つな》がり合いたいという衝動に駆られる。

「ん……」

ハルも、半ば無意識に、ウィルフレッドのそれに手を伸ばした。ウィルフレッドは真っすぐな眉をひそめ、ハルの手を押さえて制止しようとした。

「ハル、そんなことは……」

「したくてやってんの。やらせろよ」

自分は客ではないのだから、奉仕などしなくていい。ウィルフレッドはいつもそう言うが、それはいささか不公平だと思うハルである。

「俺だって……あんたを気持ちよくしてやりたいじゃん。……好きなんだから、さ」

その言葉に、ウィルフレッドは、ハルの指から手を離す。その手が、そっと後ろを探り始めるのを感じながら、ハルは、すでに熱を帯びたウィルフレッドのそれを両手で包み込んだ。

触れれば、大きさも形も、自分のどこかまだ未成熟なそれとは違う、大人の男のものだと実感させられる。

(こんなのが、俺ん中に入るんだもんな……。信じらんない)

そんな驚きさえ感じながら、根元から反り返った茎の裏筋、そして敏感なくびれから先端……と手のひらと指先を使って愛撫していると、ウィルフレッドはハルの中を探りながら、うっと低い声を漏らした。

「ハル……お前……」

「なんだよっ」

「少しばかり容赦が……なさすぎるぞ。ここを……使わせない気か?」

乱れた息でそう言って、ウィルフレッドはハルの身体の奥深くを指先で強く突いた。

「うあっ」

感じるポイントを過たず刺激されて、ハルの身体が魚のように跳ねる。中途半端に高められたまま放置されている茎の先端が、削《そ》げた腹に当たって雫を散らした。

「ん、なわけ……ないじゃん」

ハルは上気した顔で不敵に笑って、ウィルフレッドの胸を押した。そのまま、彼を仰向《あおむ》けに倒し込む。

「……ハル?」

「今日は俺が乗っかってやるよ。あんた、疲れてんだし」

「……だが……」

「客なら、十秒でイかせちゃってもざまあみろって思うだけだけど……あんたは駄目だ」

ハルは、ウィルフレッドの上に馬乗りになり、端整な、けれどどこか切羽詰まった顔を見下ろした。

「俺がここまで大きくしたもんを……俺ん中に入れずに果てられて、たまるかってんだ！」

威勢よく言うと、ハルは腰を浮かせた。天を衝《つ》く勢いのそれに手を添え、みずから秘められた場所をあてがう。

「うくっ……ううっ……」

顔を歪め、苦痛の声を漏らしながらも、ハルはそのまま腰を沈めようとした。

「くッ……ハ、ハル……無理をするな。お前を傷つけたくはない」

性急に、体重をかけて自分の中に猛々《たけだけ》しい楔《くさび》を受け入れようとするハルを、ウィルフレッドは細い腰に手をかけて制止した。

「ゆっくりでいい。……息を吐いて、身体の力を抜け。俺が支えてやる」

そう言われて、自分がずっと息を詰めていたことに気づく。ハルはゆっくりと息を吐いた。

「ん……」

がちがちに強張《こわば》っていた身体から力が抜けると、そこもやわらかくほぐれ、ウィルフレッドの硬い楔を温かく包み込む。

「そうだ。それでいい」

ウィルフレッドの力強い手は、ほんの少しずつハルの腰を下ろしていく。

「ふ……はあ……っ」

やがて、華奢な身体には凶器にも等しいそれをすっかり体内に収め、ハルは長く息を吐いた。

痛みはもうないが、内臓を押し上げられるような圧迫感は、いつもより強い。それでも、今、ウィルフレッドの身体の一部が自分の内にあることに、ハルは不思議な安らぎを覚えていた。

「……大丈夫か？」

宥《なだ》めるように背中を撫でられ、ハルは項垂《うなだ》れていた顔を上げる。

「ん……へい、き。……あんたも……いい？」

「ああ。お前の中は、とても熱い。もう……動いていいか？」

そう言ったウィルフレッドの顔が、切なげに顰められている。その顔を見れば、彼が激しく抱いてしまいたいのをぐっと堪《こら》えているのがわかった。

あくまでも自分を気遣ってくれる恋人の優しさに、ハルの胸がギュッとなる。

「……駄目。今日は全部、俺がやる」

挑むような目でそう言って、ハルは汗ばんだたくましい胸に両手をついた。二本の腕で身体を支え、最初はゆっくりと、しかしすぐに激しく腰を振り立て始めた。

「ふっ……は、あ、あっ……」

掠《かす》れた嬌声《きょうせい》が、もう閉じることのできない少年の唇からこぼれる。

ハルのペースで追い上げられ、ウィルフレッドは押し殺した呻《うめ》き声を漏らした。

だが彼も、翻弄《ほんろう》されるだけではない。時折、熱を散らしたくてハルが動きを止めるそのタイミングを狙って、緩く腰を突き上げる。

「あッ！」

ふっと息を抜いた瞬間に、快感を生み出す場所を突かれ、ハルの声がひときわ高くなった。

「ちょ……ふあっ、あ……っ」

勝手に動くなと言おうと開けたハルの口から、甘い声が上がる。ウィルフレッドは片手でハルの腰を摑んで揺さぶりながら、もう一方の手で、放っておかれたハルの屹立《きつりつ》に触れたのだ。

「やッ！　あ、う、うぅ……ん」

強弱をつけて揺すられ、それに合わせて大きな手が、張りつめたものを巧みに擦り上げる。

「今度は……俺の番だな」

ウィルフレッドは、からかうようにそう言って、ニヤリとした。

「んな……こと……っ」

今夜は自分が主導権を握ったはずだったのに、今やハルは、一方的に翻弄され、喘《あえ》ぎ声を漏らすばかりだった。

「ずるッ……い、よっ、うあ、ぁ……も、俺っ……ダメ」

「かまわない。……俺もだ」

そう言うなり、ウィルフレッドの動きが激しくなる。

「あ、は、あ、うぁ……あ……！」

自分の身体を支えることすらできず、ハルの頭は激しく揺れた。長い黒髪が、幼い顔に乱れかかる。

「あぁ……ッ！」

身体の奥底に感じるウィルフレッドの熱と、彼の手の中にある自分の熱。

二つの熱は、同じ高みを目指して見えない階《きざはし》を駆け上がり……そして、ほぼ同時に弾《はじ》けた。

ハルの体内で、ウィルフレッドの熱塊が幾度も震える。ハルが迸《ほとばし》らせた白濁は、ウィルフレッドの胸に散った。

「……はっ……はあっ……ぁ……」

力を失い、グッタリと倒れ込んできたハルのほっそりした身体を、ウィルフレッドは力強い腕でしっかりと受け止めた……。

熱を放って冷えた身体には、互いの温《ぬく》もりが何よりも快い。

ウィルフレッドの腕枕に頭を預け、ハルは天井を見上げる恋人の顔をじっと見ていた。

さっき、ハルを抱いていたときのどこか獣じみた獰猛《どうもう》な表情は消え、今、大理石の彫刻のようにシャープな横顔には、静かな、安らいだ表情が浮かんでいる。

「……なんだ？」

ハルの視線を感じたのか、ウィルフレッドはゆっくりとハルのほうに顔を向ける。暗青色の瞳に愛おしげに見つめられ、ハルはなんだか気恥ずかしくなってしまった。

「べつに」

顔を背けると、ウィルフレッドはふと、ハルの首筋に顔を寄せた。

「な、何？　もしかして、汗くさい？」

ふんふんと犬のように嗅《か》がれて、ハルはくすぐったさに首を竦める。

ウィルフレッドは、ハルの頬に音を立ててキスしてから、顔を上げた。

「いや。お前の肌から、仄《ほの》かだがいい匂いがする。いったいなぜだろうと思ってな」

恋人というより監察医の顔に戻ってそう言うウィルフレッドに、ハルはホッとしたような可笑しそうな顔をした。

「やたら匂い嗅ぐの、あんたの職業病だな」

「……かもしれん。死体の臭気から、死因が推定できることもあるからな。……で、お前のこの香りの正体はなんだ？」

真面目な顔で問いかけてくるウィルフレッドに、ハルは小首を傾げながら答える。

「一日の終わりに、必ず身体を拭くんだ。ここに来る前にも。そのための湯を沸かすとき、鍋の中にローズマリーを放り込むから。そのせいじゃないかな」

「ローズマリーか。なるほど。ローズマリーには、殺菌作用がある。身体を清める湯に入れるのは、正しい選択だ」

得心がいったウィルフレッドは、もう一度ハルの首筋に鼻を寄せ、くんと匂ってから微笑した。

「それに、お前にふさわしい、清《すが》しい香りだな。香水などより、ずっといい」

「あ、あんまり匂い嗅ぐなよ。こそばゆいから。……それに、あんただっていい匂いするじゃん。いつも……なんかちょっとオレンジみたいなさ」

ハルは、お返しとばかりウィルフレッドの寝間着の襟元に鼻を寄せる。ウィルフレッドはハルを抱き寄せ、互いの身体を羽根布団で暖かく覆いながら言った。

「ここに来て……検死官になってからつけるようになった。死体ばかり扱っていると、身体に死臭が染みつくような気がしてな」

「まさか。考えすぎだよ」

「そうか？　ならやめておくか」

そう言ったウィルフレッドに、ハルは笑ってかぶりを振った。

「ううん、つけてたほうがいい。俺、この匂いすごく好き。きつくなくて、スッキリしてて、あんたに合ってる」

「……そうか」

ウィルフレッドは少し嬉しそうに切れ長の目を和ませると、小さな欠伸《あくび》をした。

「夜が少しずつ短くなる季節だ。お互い、明日のために、そろそろ寝るとしようか」

「もう、今日のために、だと思うけど」

「違いない」

溜め息混じりに笑って、ウィルフレッドはハルの額にキスを落とした。

「おやすみ」

囁かれる優しい言葉を、ハルは目を閉じて聞いた。厚い胸に頬を押し当て、皮膚の下で力強く脈打つ鼓動を聞く。

その規則的な音と、髪を梳《す》く指の優しさに、いつしか瞼《まぶた》がとろんと重くなってきた。

「……や、すみ……」

切れ切れの言葉をどうにか口の中で呟き、ハルは心地よい眠りに落ちていった。

「う……ん……」

朝、まだ暗いうちにハルは目を覚ました。

どんなに疲れていても、オーブンに火を入れる時間になると、勝手に身体が目覚めてしまう。

傍らで眠るウィルフレッドの温もりから離れがたくても、料理人見習いとしての義務を決して忘れないのが、ハルの律儀なところである。そうした仕事熱心さで、この二人はとてもよく似ているのだった。

「……おはよ。俺、行くな」

まだ熟睡しているウィルフレッドを起こさないよう、小さな囁きを残して、ハルは恋人の腕から抜け出した。そのまま足音を忍ばせ、燭台を手に寝室を出る。

音を立てずに扉を閉め、さて自分の部屋へ着替えに戻ろうとしたとき、ハルは思いがけない人物に出くわした。

ハルと同じように密《ひそ》やかに階段を上がってきたのは、執事のフライトだったのだ。

ハルの燭台に淡く照らされた彼の顔は、ひどく憔悴《しょうすい》して見えた。

「な……何してんの、あんた」

ハルは呆然《ぼうぜん》とした。フライトのほうも、まさかハルに見つかるとは思わなかったのだろう。

珍しいほど、驚きを露わにした顔をしている。

「お前こそ何を……いや、それは野暮な質問だね」

いつもと変わらぬ皮肉を口にしつつも、その顔には隠しようのない焦りの色が見てとれる。

「う、うるさいやい。……何？　あんた、出かけてたのかよ」

「い、いや。ちょっと物音がしたような気がしたのでね。外を見回ってきただけだ」

「…………？　手ぶらで見回り？」

ハルは胡散《うさん》くさそうに顔を顰め、フライトの全身を見回した。

ハルが寝間着姿なのに対して、フライトはきちんと髪を整え、私服の上に外套《がいとう》まで羽織っている。ちょっと外を見回る程度のことで、そこまできっちりした格好をするはずがない。

何より、灯りも持たずに階段を上がってきたことが、いかにも隠し事めいていて怪しかった。

(なんで、こんなミエミエの嘘《うそ》つくんだろ、この人)

ハルの疑惑の眼差《まなざ》しを避けるように、フライトは目を逸らし、わざとらしく咳払《せきばら》いした。

「そんなことより、お前、また旦那様をベッドに残して出てきたのかね」

いきなり話題を際どい方向に転換され、素直なハルはドギマギしてしまう。

「ん、んなことどうだっていいだろっ」

「よくない。共寝したはずの相手が目覚めたときにいないというのは、どうにも味気ないものだよ。それがわからないとは……だからお前は子供だというのだ」

フライトは腕組みして、さも小馬鹿にしたようにハルの顔を見下ろす。羞恥と怒りで顔を赤らめ、ハルは押し殺した声でフライトに言い返した。

「んなこと言ったって、仕方ないだろ！　オーブンに火を入れたり、パン生地の世話したり、いろいろやることがあんだからさ！」

「どうせ、年寄りは早起きなものだ。たまにはオーブンの火入れくらいブリジットに任せて、旦那様がお目覚めになるまでお傍にいて差し上げればよいと思うがね」

「よ、よ、よけいなお世話だよっ。そんなこと、あんたに関係な……」

「なくはない。旦那様に快適に暮らしていただけるよう、屋敷の内のことを取り仕切るのが、わたしの責務だ。当然、お前の行動も、ある程度わたしの監督下にあることを忘れてもらっては困る」

「む……むむむー！」

正論ではあるが、いくら直属の上司だからといって、夜のことまで指図されてはたまったものではない。

「……もっとも、お前のそういうところが、旦那様のお気に入りなのかもしれないがね。あの方にも、融通の利かないところがおありのようだから。まあ、せいぜい静かに行動しなさい。皆、まだ眠っているだろうから」

そう言うと、フライトは呆れたように片手を振り、そのまま階段を上っていってしまった。

憤懣《ふんまん》やるかたなく執事の背中を見送ったハルは、薄ら寒い廊下でふと我に返り、ぼやいた。

「あ！　もしかして俺、すごく適当にごまかされちゃってるじゃん……！」

「な……なんだってんだよ、ったく」


数時間後、ウィルフレッドが朝食のテーブルにつく頃には、フライトはいつもと変わらぬ様子で給仕を務めていた。

ハルと顔を合わせても、弁解するわけでも口止めするわけでもない。

あまりにもいつもどおりなので、ハルのほうも、しつこく明け方のことを持ち出すのは気が引けて、あれきり何も問いただせないままでいた。

それでも、ここ二日間のフライトの挙動が、どうしても怪しく感じられてならない。

「何かがおかしいんだよなあ。昨日といい、今朝といい……」

ウィルフレッドの朝食はすべて出してしまったので、今度は使用人仲間のために目玉焼きを作りながら、ハルはまだブツブツ言っていた。

すると、玄関で呼び鈴が鳴った。

この時間帯なら、自分が出なくても、ポーリーンが応対するだろう。そう思って、ハルは朝食の支度を続けた。

数分後、それぞれの好みに焼き上がった目玉焼きを皿に移していると、厨房にポーリーンが顔を出した。

「ハル、旦那様がお呼びよ。着替えなくていいから、そのまますぐ来てちょうだいって」

「え？　お客さん、来てんじゃないの？」

「お客様は、エドワーズ警部なの。また事件なんじゃないかしら。あの方がご自分で迎えにいらっしゃるのは珍しいけど」

ポーリーンは、年より老けて見える顔に手を当て、小首を傾げる。

「ホントだよな。あ、エドワーズのオッサン、朝飯たかりに来たんじゃねえの？」

「いいえ、それがね。朝ご飯はいかがですかってお訊ねしたら、今朝はそれどころじゃないって」

「そりゃまた珍しいよな」

「本当にねえ」

ポーリーンとハルは、顔を見合わせて頷き合う。

エドワーズは気のいい男だが、食いしん坊でもある。捜査についてウィルフレッドに相談しに来るとき、どうも、食事時やお茶の時間を狙っているきらいがあるのだ。

彼が食べ物を断ったのは、ハルが彼と知り合ってから初めてのことだった。

「様子がおかしいのは、フライトさんだけじゃないのかよ……」

「え？　フライトさんが何？」

ポーリーンに独り言を聞き咎《とが》められ、ハルは慌ててぶんぶんと両手を振った。

「い、いやっ。すぐ行くよ。もう朝飯ほとんどできてるから……」

「ええ、あとは私が手伝いに入るわ」

「頼むな」

ハルはエプロンを外し、厨房の壁にかけた鏡で髪と服を直して、階段を駆け上がった。

ノックをして食堂に入ると、テーブルの傍で立って話をしていたウィルフレッドとエドワーズが、揃ってハルを見た。

その二人の顔つきに、ハルは微妙な違和感を感じる。

ウィルフレッドが深刻な顔をしているのはいつものことだが、いつもはどんな事件のときもどっしり構えているエドワーズ警部まで、眉間《みけん》に深い縦皺《たてじわ》を刻んでいたのだ。

「お……おはよう、二人とも。何？　俺のこと、呼んだんだろ？」

気後れして扉近くで立ち止まったハルを、ウィルフレッドは困惑の面持ちで見て、差し招いた。

「ああ。……こっちへおいで」

「仕事？　だったら俺、早く台所仕事済ませて支度を……」

「いや。仕事にかかる前に、ちょっとお前に訊きたいことがあるんだ。その……あまりいい話ではないんだが」

「え？」

珍しいほど歯切れの悪いウィルフレッドの語調に、ハルは目をパチクリさせる。

「何？　なんだよ」

「あのな、小僧」

二人の話に割って入ったエドワーズは、収まりの悪い赤毛を片手でかき回しながらこう言った。

「お前、言ってたよな。孤児院の……『ネイディーンの家』の出だって」

奇妙なことを問われて、ハルは戸惑いつつ頷く。

「うん。それが何？」

エドワーズは、ハルの表情を窺《うかが》いながらこう言った。

「そこは、どんなとこだ？　誰かと誰かが仲悪いとか、そういういさかいはあったか？」

「仲悪いって……孤児院にはたくさん子供がいるんだから、そりゃ喧嘩《けんか》とか虐《いじ》めとかはしょっちゅうだけど？」

二人の前に突っ立ったままハルが答えると、エドワーズは少し苛《いら》ついたように片手を振った。

「いや、そうじゃない。大人たちの話だ。孤児院で子供たちの世話をしてる連中のほうはどうだ？　暴力沙汰《ざた》は？」

ハルは、呆れ顔でエドワーズのごつい顔を見上げた。

「あのな。孤児院だって、神殿の一部なんだぜ？　あそこにいる大人は、みんな神官なんだ。もちろん、神官にだって好き嫌いはあるだろうし、口喧嘩くらいはしてたけど、暴力沙汰なんてあるわけないじゃん」

それを聞いて、エドワーズはうんざりした顔で頭を振った。

「やっぱりそうか。あそこで育ったお前がそう思うなら、マーキスの人間はみんなそう思うよな」

「な、なんだよオッサン。『ネイディーンの家』で、何かあったのか？」

「それがなあ……」

エドワーズは、ちらとウィルフレッドを見てから言った。

「実はな。『ネイディーンの家』の院長が死んだ。……状況から見て、十中八九、殺されたんじゃねえかと思うんだ」

「ええっ!?」

ハルは思わず、大声を上げてしまった。信じられない思いで、ウィルフレッドとエドワーズの顔を見比べる。だが二人とも、とても冗談を言っているようには見えなかった。

「な……オッサン、ホントなのか、それ」

「ああ。今朝、礼拝に院長が現れないので神官が部屋を訪ねると、ベッドがもぬけの殻だった。で、院長室に行ってみると……院長が胸にナイフを突き立てられて、すでに事切れていたそうだ」

ハルは、信じられない様子で、大きな目をさらに見開いた。

「ナイフで……刺されて!? まさか。神殿の中でそんなこと、起こるわけないだろ！　女神の家で、人殺しなんて！」

エドワーズは、肩を竦めてみせた。

「話を聞いたときは、俺たちだってそう思ったさ。神殿の中で殺人なんざ、前代未聞だからな。だから今、お前に話を聞いたんだ」

「…………」

「だが、本当だ。俺はこの目で、朝いちばんに院長の死体を見てきた。で、その足でここに来たんだ。神殿ってなあ、俺たちには皆目得体の知れん場所だからな。そこで育ったお前が現場に来てくれりゃ、助かるんだが」

「院長先生が……誰かに、殺された……？」

「殺されたと断言はできねえが、死んだのは確かだ。どうだ、カラス小僧。俺たちと一緒に来るか？」

明らかにショックを受けているハルに、ウィルフレッドは労るように言葉を添えた。

「もし嫌なら、無理をしなくてもいい。知人の遺体を……しかも普通でない死に方をした遺体を見るのは、つらいだろうからな」

だが、唇を嚙みしめていたハルは、キッとウィルフレッドの顔を見上げ、震える声で言った。

「俺、行く。連れてってくれよ。ちゃんと働くから。いつもどおり、やれるから」

強い意志を秘めた黒い瞳に、ウィルフレッドはまだ少し躊躇《ちゅうちょ》しつつも頷いた。

「……わかった。なら、支度を急げ」

ハルはすぐさま、部屋から飛び出していく。バタバタと遠ざかる足音に、大人二人は言葉もなく顔を見合わせた……。


「ネイディーンの家」に向かう馬車の中で、ハルはウィルフレッドと並び、無言で座っていた。

上着の左袖には、黒い喪章が巻かれている。それを見ながら、ウィルフレッドは口を開いた。

「さっきは正直、お前がどういう反応を示すかわからなかった」

ハルは黙ったまま、感情の読めない顔でじっとウィルフレッドを見る。

「孤児院と院長に対して、お前がどういう感情を持っているのか、俺にはかりかねたからな。今も……お前が院長の死の知らせを聞いて動揺したことはわかるが、悲しいのか、ただ知人の突然の死に驚いているだけなのか……わからずにいる。だから、こうして傍にいても、どうしてやればいいのかわからない。

苦い声でそう言って、ウィルフレッドは「すまん」とつけ足した。あくまで優しい恋人に、ハルは戸惑い顔になる。

「謝んないでくれよ。俺だって、よくわかんないんだから」

「…………」

「昨日だって、海は懐かしかったけど、孤児院はちっとも恋しくなかった。いい思い出なんて、ろくすっぽなかったからさ。院長先生のことだって、孤児院出てから一度だって思い出さなかった」

「院長とは、親しくなかったのか？」

「偉い人だからな。そりゃ、毎日朝礼で顔は見るけど、いつもは院長室にいて、俺たちと直接話したりはあんまりしないんだ。院長室に連れて行かれるのは、よっぽど悪いことをしたときだけ」

「……なるほど」

ガタガタ揺れる馬車の中で、ハルはウィルフレッドの肩に小さな頭をもたせかけ、話を続けた。

「院長先生が死んだって……それも、ナイフで胸を刺されて死んだって聞いて、ものすごくビックリした。ありえない話だもんな」

「無理もない。緊急事態とはいえ、心の準備もないままあんな話を聞かせて、悪かった」

ハルは寂しそうな微笑を浮かべてかぶりを振る。

「ううん、違うんだ。……悲しいとかつらいとか、そんな気持ちは今はないよ。だって、あそこにいたときから院長先生は遠い人だったし、それに、なんだかまだ信じられない気持ちだし」

ウィルフレッドはハルの肩を抱き、続きを促す。ハルは、言葉を探しながら言った。

「でも……昨日のあんたの話じゃないけどさ。『ネイディーンの家』で十六年育ててもらったからこそ、俺、こうして生きて、あんたに出会えた。あそこで読み書きを教えてもらってたから、今、あんたの役に少しは立ててる。料理の本だって読める」

「……ああ」

「だから、あの場所にも院長先生にも、感謝してるんだ。……いったいあそこで何が起こったのかわかんないけど、俺が捜査の役に立てるなら恩返しのつもりで頑張ろうって、そう思った」

「……そうか」

「うん。……あのさ」

ハルは顔を上げ、少し不安げにウィルフレッドを見た。

「俺、やっぱ薄情なのかな。院長先生が死んだって聞かされても、涙も出ないなんて。悲しくないって聞いて、幻滅した？　俺のこと」

「馬鹿なことを言うな」

ウィルフレッドは苦笑して、ハルの肩を励ますように揺さぶった。

「感情は、胸の奥から自然に湧《わ》き出してくるものだ。それがどんなものであろうと、あるがままに受け止めればいい」

「ウィルフレッド……」

「悲しくないなら、今は、悲しむよりほかにやるべきことがあるということなのかもしれん。気にすることはない」

ウィルフレッドは、暗青色の瞳で、ハルの黒い瞳をじっと見つめて言った。

「心を偽るな、ハル。偽れば、それは必ず、大きな歪みを生み出してしまう」

そう言ったウィルフレッドの声にも顔にも、苦痛の色が滲《にじ》んでいる。

（それって……ウィルフレッドが、昔結婚したときのことかな。打算ずくで好きでもない人と結婚して、お母さんを悲しませた……そう言ってたよな）

「ウィルフレッド、それ……」

だがハルに質問を許さず、ウィルフレッドは静かに言った。

「いつも自分の心に正直で、真っすぐな目をしていろ。それが、俺の好きな……誰より綺麗なお前の姿だ」

どうやら睦言に匹敵する甘い台詞を口にした自覚はまったくないらしい。ウィルフレッドは真剣極まりない表情をしている。

だが、唐突に、それこそ正面切って絶賛されたハルのほうは、平静ではいられない。どう反応していいかわからず、返答がしどろもどろになってしまう。

「う、あ、う……うん。その……なんていうか、うう」

突然ごにょごにょ口の中で言いながら俯《うつむ》いてしまったハルに、ウィルフレッドは訝《いぶか》しげに
……そして心配そうに問いかけた。

「ハル？　どうした。馬車に酔いでもしたか？」

「……はあ……。違うっての」

顔を上げたハルは、少し恨めしげに口を尖らせて言った。

「あんたさぁ、絶対自覚なしに話し相手を口説いちまって、泣かれたり恨まれたりしてると思うな。……気がついてないだけで」

「な……なんだそれは」

「なんでもない。気にすんな」

どうやら、ほかの人間にウィルフレッドが同じようなことを言っているところを想像し、ハルは軽い嫉妬に駆られてしまったらしい。

それを自覚したハルは、自分自身にムッとして黙り込む。ハルの突然の不機嫌の理由がわからない鈍感なウィルフレッドは、ひたすら居心地悪く、馬車に揺られ続けていた……。

やがて馬車は、石造りの巨大な建物の前に横づけになった。

春の日差しを浴びて白く輝く壮麗な石造りの建造物が、マーキスのシンボル、海の守護女神ネイディーンを祀る神殿である。

二人はそこで馬車から降り、徒歩で敷地内にある孤児院に向かうことにした。

建造されて少なくとも数百年は経過しているという神殿だが、ズラリと並ぶ太い柱も、細かい彫刻を施した破風や壁面は、潮風に磨かれ、なお白さを増しているように見える。

特に、神殿の前にそびえ立つ巨大な女神ネイディーンの石像は、今にも手にした松明を掲げて歩き出しそうなほどに見事な出来映えだった。

「何度見ても美しいものだ」

ウィルフレッドの感嘆の声に、ハルも頷く。

「孤児院には、夜中の三時に像の前に立つと、女神様が歩き出すって噂があった」

「……立ってみたのか？」

「もちろん。何もなかったし、神官先生に見つかって、滅茶苦茶《めちゃくちゃ》怒られたけどね」

ハルは照れくさそうに、舌先をちらりと覗かせた。

える。

「まあな。……あそこ。あれが、『ネイディーンの家』。俺が育った孤児院だよ」

ハルは、神殿のすぐ脇《わき》にある建物を指さした。

高い塀に囲まれ、鉄の扉に守られたその建物は、神殿に比べればうんと小さく、古びて見える。

その鉄扉の前に、ハルたちより一足先に現場に向かったエドワーズの姿があった。

「あれ？　オッサン、とっくに中に入ってると思ったのに」

「ああ。何やら揉《も》めているようだな」

二人は急ぎ足で、エドワーズのもとへ向かった。

孤児院に入る唯一の出入り口である頑丈な鉄扉。その前で言い合いをしているのは、エドワーズと、ひとりの男だった。

そろそろ老境にさしかかろうかというその男は、痩せた身体を極めて露出の少ない……それこそ、指先とつま先しか見えないゆったりしたデザインの長衣を纏《まと》い、頭部をすっぽり覆う丈の低い帽子を被っている。

その全身薄墨色の衣服は、ネイディーンの神殿に奉仕する神官の制服だった。

「神官先生！」

ハルの声に、エドワーズと何やらやり合っていた神官は、驚いた様子でハルを見た。

「ハル。……ということは、警察の方がおっしゃっているのは、お前のことなのかね」

男は、ハルたち「ネイディーンの家」の孤児が、「神官先生」と呼ぶように躾《しつけ》られる、養育係に任命された神官のひとりだった。

ウィルフレッドは、神官に目礼し、エドワーズに訊ねた。

「どうした。何か問題でも？」

エドワーズは、渋い顔で腕組みし、神官のほうに角張った顎《あご》をしゃくった。

「こちらさんがな、小僧を中に入れちゃいかんと仰せなんだ」

「ハルを？」

「……あ……」

思い当たることがあるのか、ハルは眉を曇らせる。ウィルフレッドは、怪訝そうにハルを問いただした。

「どういうことだ？」

ハルは、孤児院で迎えた最後の朝、院長と交わした会話を思い出して言った。

「そっか……。孤児院を出るとき、院長先生に言われた。神殿を出た者は、二度と戻れないって」

「ハルの言うとおりです。この『ネイディーンの家』から一度出た以上、この門を再び潜《くぐ》ることは許されません」

神官は、静かだが毅然《きぜん》とした声で言った。それは、交渉の余地などないと聞く者に悟らせるのに十分な、頑《かたく》なな声音だった。

エドワーズは不満げに鼻を鳴らす。

「べつに、出戻りたいと言ってるんじゃねえ。あんたにとっては孤児院を出てったたくさんの子供のひとりなんだろうが、今、この小僧は、検死官どのの助手なんだ。ちったあ特別な仕事をしてるんだぜ」

それを聞いて、神官は意外そうに細い目を見張った。エドワーズは、ここぞとばかりに勢い込んで言葉を重ねる。

「ここは、俺たち一般人にとっちゃ、まさしく異世界だ。だからこそ、この場所をよく知ってるハルを、捜査の助けに連れて入りたい。それだけのこった。なあ、神官様。妥協してくれよ。警察に協力するのは、市民の義務だろうが」

だが、神官はすぐに厳しい顔つきに戻り、キッパリと拒否の意を示した。

「我々は、市民である以前に、女神のしもべです。ここより俗世に出て行った者は、何があろうと戻ることまかりならぬ。それが決まりです。例外は許されません」

たまりかねて、ハルは一歩前に進み出た。

「神官先生、でも俺！」

「ハル、待て」

感情的になりかけているハルを制し、ウィルフレッドは折り目正しく言った。

「ハルは、俺の助手として、なくてはならない存在です。ここには、あくまで彼の職務に従って来ているのですが……それでも許されないと？」

だが神官は、厳しい表情でかぶりを振った。

「ここは神聖なる神殿の一部。いついかなるときでも、規則は守られねばなりません。それが、神殿の秩序を守る何よりの手だて。……検死官様、あなたも法に仕える身の上、どうぞご理解いただきたい」

「……わかりました」

正論をつきつけられては、さすがのウィルフレッドも引き下がるしかない。彼は、ふくれっ面をしているハルにこう言った。

「仕方ない。お前は屋敷に戻って待っていてくれ」

「でも！」

「規則は尊重せねばな。もし署で解剖ということになれば、必ず呼ぶ。……ここで揉めている場合ではないんだ。聞き分けてくれないか」

いくら私生活では恋人でも、公的には雇い主であるウィルフレッドにそう言われては、ハルもそれ以上食い下がるわけにはいかない。

「……わかった。じゃ、俺、お屋敷でほかの仕事してる」

「そうしてくれ。……エドワーズ、悪いが」

「ああ、どうせあんたを待つあいだ、御者は暇なんだ。馬車を使えよ、小僧」

「ん……。じゃ、これ」

ハルは不承不承、大事に抱えていた革の鞄をウィルフレッドに差し出した。それを受け取ったウィルフレッドは、ハルの肩に右手を置いた。

「俺が、お前の感謝の念を院長先生の亡骸《なきがら》に伝え、お前の代わりに冥福《めいふく》を祈ろう。それで我慢してくれ」

まるで、ハルが中に入れないのが自分の咎であるかのようなウィルフレッドの顔つきに、ハルの憤りも冷めていく。

「ありがと。……俺のことなんか気にしなくていいから、院長先生のこと、よく調べてあげてくれよな」

「ああ、任せておけ。気をつけて帰れよ」

ハルはこっくりと頷き、未練を振りきるように踵《きびす》を返した。

一度も振り返らずに駆け去っていく小さな背中を見送り、ウィルフレッドはエドワーズに向き直った。

「待たせて済まなかった。仕事にかかろう」

「ああ。じゃ、もっぺん現場へお願いしますぜ、神官様」

神官に先導されて孤児院の玄関を通り抜けながら、エドワーズはしゃがれた声でウィルフレッドに耳打ちした。

「可哀相《かわいそう》に、小僧の奴、ふてくされてたな。……神官ってなぁ、融通の利かない奴らだ。こんなときくらい、中に入れてやりゃいいものをよ。そうすりゃ、俺たちも大いに助かったってもんだ」

「仕方があるまい。少なくとも俺は、融通の利く宗教関係者になど、これまで会ったことがないからな」

いつもどおりの冷静沈着な面持ちで素っ気なく言ったウィルフレッドは、しかし声を少しも抑えようとはしなかった。

どうやら、言葉とは裏腹に……あるいは自分で思っているよりずっと、神官の頑さにムッとしているらしい。

そんなウィルフレッドに、エドワーズは思わず浮かびかけた笑いを噛み殺して言った。

「おい、先生。人を殺してきたみたいな険悪なツラをしてるぜ。小僧がいないからって、臍《へそ》を曲げずに仕事をしてくれよ」

「わかっている。それがハルのためでもあるのだから」

ぶっきらぼうに言い返し、ウィルフレッドはそれきり口を閉ざした。

孤児院は、外観と同じく、内部も質素な造りだった。

床にはタイル代わりに古い墓石が敷きつめられ、油断すると微妙な段差に躓《つまず》きそうになる。

壁は漆喰《しっくい》塗りで、窓は小さかった。

いくつかの部屋では扉が開け放たれていたが、どの部屋にも孤児の姿はない。

「……子供たちは？」

ウィルフレッドの問いかけに、神官は振り向かず小声で答えた。

「今は皆、礼拝堂で亡き院長のために祈りを捧《ささ》げております」

「……なるほど」

それはおそらく、警察が捜査しているところを子供たちに見せないための配慮でもあるのだろう。

ふと開いた扉の隙間から覗くと、子供たちの寝室とおぼしき部屋の中が見えた。狭い部屋の中に、二段ベッドがぎっしりと詰め込まれている。

（ハルは、こんなところで育ったのか……）

この閉鎖的で殺風景な建物と、その中に漂う、古い建物と潮風と香の匂い。

かつてハルがいた場所に、初めて自分が立っていることに不思議な感慨を抱きつつ、ウィルフレッドは肌寒い廊下に硬い足音を響かせ、歩いていった……。

屋敷に戻ったハルは、ブリジットに頼まれていた厨房の棚を修理したあと、家庭菜園に足を向けた。

＊　　＊

ここしばらくのハルの日課は、アスパラガスの収穫である。

やわらかな土から生える緑色のアスパラガスは、太くてみずみずしく、しかもたった一日放っておいただけで、もう食べられないほど育ってしまう。

「ふー、摘《つ》んでも摘んでも生えてくるな」

ハルは食べ頃のアスパラガスを選んで摘み取り、五本ずつの束にして、籐《とう》編みのかごに入れていった。こうしておけば、ひとり一束の計算で、過不足ない数を収穫することができるのだ。

ブリジットは、アスパラガスのいちばん美味《おい》しい調理法は、ただ茹でて溶かしバターを添えて出す方法だとハルに教えてくれた。

だが、毎日それでは、さすがのウィルフレッドも飽きてしまうことだろう。

今夜は、カリッとした薄いトーストの上にアスパラガスを並べ、ポーチドエッグとすり下ろしたチーズを添えてテーブルに出してみよう。ひきたての黒コショウを振りかけるのもいいかもしれない。

「アスパラガスが甘いから、きっと合うよな。ウィルフレッド、なんて言ってくれるだろ」

新しい料理を前にしたウィルフレッドの様子を想像すると、ずっと不機嫌だったハルの顔が自然とほころんできた。

院長の死という重苦しい現実も、「ネイディーンの家」に入ることを許されなかったことに対する憤りも、こうして春の息吹《いぶき》に触れていると、少しずつ和らいでくるようだった。

と、母屋《おもや》のほうから、ポーリーンがこちらへやってくるのが見えた。

そろそろ昼食の頃合いだ。呼びにきてくれたのかとハルは一瞬思ったが、それにしては、彼女の様子がいつもと違っていた。

おとなしく慎み深いポーリーンが、危うく膝が見えるほどスカートをたくし上げ、猛然と走ってくるのだ。

「……なんだ？」

驚いてかごを持ったまま立ち尽くすハルに向かって、ポーリーンは走りながら、これまた今まで聞いたことがないような金切り声を上げた。

「ハル、大変！　大変なのよッ！」

「い……いったいどうしたんだよ？」

ハルの前に駆け寄ってきたポーリーンは、真っ青な顔をしていた。ただならぬ雰囲気に、ハルの顔にも緊張が走る。

　肩で息をしながら、ポーリーンはすがりつくようにハルの肩に両手を置いた。

「警察の人たちが来て……」

「警察？　べつに珍しくもないじゃん」

「ち……違うの。違うのよ！」

「いったい何をそんなに慌ててんのさ」

「あの人たち、フライトさんを捕まえるっていうの！」

「はあ!?」

　夢にも思わなかった言葉に、ハルは素っ頓狂《すっとんきょう》な声を上げる。ポーリーンは、苦しそうに喘ぎながら言葉を継いだ。

「フライトさんが人殺しをしたって……。ねえハル、そんなわけないわよね」

「当ったり前……って……あ……」

　ポーリーンに同意しようとして、ハルの脳裏に、明け方出くわしたフライトの怪しい姿がよぎる。

　だが、そのことについてハルが考えを巡らせるより早く、ポーリーンはハルの身体を激しく揺さぶった。

「ねえ、どうしよう、ハル。旦那様がいらっしゃらないから、みんなどうしていいかわからないの。どうすればいい？」

おろおろした声に、ハルはハッと我に返った。

「と……とにかく行ってくるッ！」

湧き上がってくる疑惑をいったん胸の奥に押し込め、ハルはアスパラガスのかごを放り出して、全速力で駆け出した……。


ハルが正門に駆けつけたときには、フライトはすでに警察官たちに囲まれ、連行されようとしていた。

「ちょ……待てッ！　なんだよ、何してんだよ、お前らっ！」

ハルは慌てて、フライトと警察官たちのあいだに割って入った。

「ハル……」

困り顔でハルを見た警察側の責任者は、ブラウンというまだ若い巡査部長だった。

エドワーズの部下で、よくこの屋敷にウィルフレッドを迎えにくる。当然、ハルとも知り合いだし、フライトとも何度も顔を合わせている人物である。

「悪いけど、ハル。僕らは彼を殺人の容疑者として署に連行しなくちゃいけないんだ」

ハルは、まだ息苦しそうに顔を歪めながらも、フライトを庇《かば》うように両腕をいっぱいに広げ、ブラウンを睨んだ。

「ちょっと待ってくれよ、ブラウンさん。これって冗談だろ？　いくらなんでもたちが悪いぜ」

「警察は、冗談で誰かを逮捕したりはしないよ。これはエドワーズ警部の命令だ。逮捕状も出ている……ほら」

ブラウンはきまり悪そうにそう言って、ポケットから出した紙片をハルの鼻先に広げてみせた。

「逮捕状って、いったいどういうことだよ！　フライトさんが誰を殺したって……」

「『ネイディーンの家』院長殺害容疑だ」

「な、なんだって!?」

後頭部を殴りつけられたような衝撃に、ハルは凍りつく。ブラウンは、逮捕状をポケットにしまい込むと、ハルの肩をポンと叩いた。

「驚くのも無理はないけど、このことは、ウォッシュボーン先生も了承済みなんだ」

「ウィルフレッドが!?」

目を剝《む》くハルに、ブラウンは眉毛をハの字にしたままで頷いた。

「了承せざるを得なかったたっていうのが正しいかな。……ま、僕は立場上、これ以上君たちに詳しいことは教えられない。先生が帰ったら、直接聞くといい。とにかく、そういうことだから」

そう言うと、ブラウンはハルの肩を押しのけた。よろめきながらもどうにか踏みとどまり、ハルはずっと無言を通しているフライトに嚙みついた。

「おい、あんたもなんとか言えよ！　なんで黙って連れてかれようとしてんだよ」

だが金髪の執事は、奇妙なほど冷静な表情をしている。

それはまるで、自分が逮捕されることを予測していたかのような顔つきだった。

「このままじゃ逮捕されちまうんだぞ⁉　あんた、人殺しだって疑われてんだぞ？」

ハルの必死の叫びにも、フライトは鏡のような無表情を崩さなかった。ただ、ハルと、遠巻きに成り行きを見守っているほかの使用人たちをぐるりと見回し、最後に再びハルの顔に視線を戻す。

その口から出たのは、いつもの落ち着き払った言葉だった。

「わたしがいなくても、旦那様にご不自由な思いをさせないように。皆でしっかり務めなさい」

「そんなことはどうでもいいっての！　それよか、なんとか言えよ。まさか、ホントに院長先生を殺したわけじゃないんだろ？」

「……それを、今ここでお前に話してどうなる？」

「あんたは……ッ！」

あくまでも冷ややかに言い放つフライトに、ハルは激昂《げっこう》した。フライトに飛びかかり、両手で胸ぐらを掴む。

だが、ブラウンの部下たちが、たちまちそんなハルを制止し、フライトから引き離した。手足をじたばたさせて暴れるハルを、地面に引き倒す。

「ちょ……離せよ、お前ら！　俺はフライトさんと話してんだ！」

「ハル。これ以上邪魔をされたら、君のことも逮捕しなくちゃいけなくなる。そんなことになったら、ウォッシュボーン先生がお困りだろ」

「……くっ」

二人がかりで押さえ込まれ、それでもなお抵抗していたハルは、ブラウンのそんな言葉にギョッとして動きを止める。

「先生は今、警部と一緒に署におられる。きっと、夕方にはお戻りだよ。……さ、行こうか」

ブラウンはハルたちに片手を軽く挙げると、部下に合図した。

フライトは執事の制服のまま、荒縄で後ろ手に縛り上げられ、四人護送用の窓のない馬車に乗せられる。

そのあいだも、彼はまったく抗《あらが》う素振りを見せず、ただ諾々《だくだく》とされるがままだった。

馬車の扉が閉められ、外から頑丈な錠前が下ろされるのを確認して、屈強な警察官たちは、ようやくハルを解放した。

「……くそ、馬鹿みたいに押さえつけやがって。あちこち痛いだろ！」

ハルは飛び起きて、ずっと捻られていたせいで、ジンジンと痛む手首をさする。

「こっちも仕事だからね。恨まないでくれよ」

どこか気弱そうな顔でそう言い、ブラウンは部下とともにそそくさとハルの前から立ち去った。

御者がパチリと鞭《むち》を鳴らすと、護送馬車が動き出す。呆然としていたハルは、その音に弾かれたように門の外に飛び出した。

だが、フライトを乗せた馬車はガラガラと大きな音を立て、ハルには決して追いつけないスピードで走り出す。

「なんなんだよ。いったい……何がどうなってるってんだ……」

みるみる遠ざかっていく馬車を見送り、ハルはいつまでも、その場に立ち尽くしていた……。

＊　　＊

その夜遅く、日付が変わってから帰宅したウィルフレッド・ウォッシュボーンは、見るからに憔悴《しょうすい》していた。

滅多に負の感情を面に出さない彼だけに、執事の逮捕がよほどこたえているのだろう。

玄関先に勢揃《せいぞろ》いして主《あるじ》を出迎えた使用人たちは、そんな彼の姿に声を失った。

「……おかえり」

それでも勇気を振り絞って歩み寄ったハルに、ウィルフレッドは小さくかぶりを振った。

「すまない。フライトを連れて帰れなかった」

主の苦い声に、使用人たちは途方に暮れて、顔を見合わせる。

ウィルフレッドから大きな革鞄《かわかばん》を受け取りながら、ハルはつんのめるような早口で言った。

「俺たち、全然わけわかんないんだ。どういうことなんだよ。ブラウンさんが言ってた。フライトさんが院長先生殺しの犯人だって」

その言葉に、ウィルフレッドは眉根《まゆね》を寄せ、固い口調で言い返す。

「あくまでも容疑者だ。まだ犯人と決まったわけではない」

「でも、あんたが逮捕に同意したって聞いたぜ」

「誰《だれ》が、喜んで同意などするものか。だが、残念ながら逮捕を差し止めるだけの根拠が、俺にはなかった。それだけのことだ」

ウィルフレッドは、投げやりに言った。ハルは、ウィルフレッドの顔色の悪さに胸を痛めつつ、どうしても我慢できなくて追及を続けてしまう。

「それって、逮捕するほうには……警察には、確かな証拠があったってことかよ。その、フライトさんが院長先生を殺したっていうさ」

「確かに、かなり有力な物証があった」

「！」

「それでもまだ、フライトが殺人犯だと決まったわけではない。皆、みだりに動揺しないよう、平静を保ってくれ」

沈んではいるが毅然《きぜん》とした主の言葉に、ブリジットとポーリーン、そしてダグは、まだ不安げながら、一様に頷《うなず》く。

釈然としない顔をしているハルに、ウィルフレッドはやつれた顔にごく微《かす》かな、苦い笑みを浮かべた。

「しっかりした晩飯を食うには、時刻が遅すぎる。悪いが、何か軽い夜食を用意してくれるか？　それから、風呂《ふろ》の支度を」

「あ……うん、わかった！」

ようやく自分にできることを言いつけられ、ハルは勢いよく頷く。そんなハルの頭をポンと叩《たた》き、ウィルフレッドは重い足取りで階段を上がっていった。

ポーリーンとダグが風呂の世話を引き受けてくれたので、ハルは厨房《ちゅうぼう》に行き、ウィルフレッドのための夜食を作った。

老料理人ブリジットご自慢のスープストックで、ジャガイモとタマネギとアスパラガスをやわらかく茹《ゆ》で、つぶして濾《こ》す。

そうして作ったとろとろのペーストを牛乳で伸ばすと、優しい味のポタージュができあがるのだ。

それに、バターを染み込ませてからカリッと焼き上げ、細切りにしたトーストを添えたものを、ハルはウィルフレッドの寝室に運んだ。寝酒代わりに、グラス一杯の赤ワインも忘れない。

「……ああ。手間をかけてすまなかった。夕飯を用意してくれていたんだろうに。ブリジットとお前の心づくしを無駄にしてしまったな」

ちょうど風呂から上がったばかりのウィルフレッドは、寝間着の上にガウンを着込んでいた。

タオルでざっと拭《ふ》いただけの髪はまだ湿って額に乱れかかり、それが彼を普段より若く見せている。

「用意してた。アスパラガスの新しい料理と、あと、ラムもローズマリーでマリネして焼くつもりだった」

「悪かった。だが、ラムは明日まで保《も》つだろう?」

「うん。今日は俺たちも、ラムには触らずに、腸詰めを茹でて食べたんだ。……アスパラガスの料理も、評判よかったから、明日はもっと上手に作って出すよ」

「なら、明日を楽しみにしていよう。今は、夜食をいただくとしようか」

そう言って、ウィルフレッドは手櫛《てぐし》で短い銀髪をざっと整え、寝室に置かれた小さなテーブルについた。

ハルはテーブルの上に、夜食の皿を手際よく並べる。

そのまま、トレイを手に、出て行ったものかどうか突っ立ってモジモジしているハルに、ウィルフレッドは苦笑いで言った。

「座ったらどうだ？ ひとりで食うのは味気ないし、お前も俺に訊《き》きたいことがあるんだろう？」

「う……うん。じゃあ」

ハルはおずおずとウィルフレッドの向かいの椅子《いす》に腰を下ろした。

ウィルフレッドは、トーストをポキポキと折って落としたポタージュをゆっくりと味わいながら、ハルに問いかけた。

「逮捕されるとき、フライトは何か言っていたか？」

ハルは力なくかぶりを振る。

「ホントにやったのかって、俺、訊いたんだよ。でも、ハッキリ答えてくれなかった」

「そうか……」

ウィルフレッドは嘆息した。ハルはテーブル越しに身を乗り出す。

「なあ。院長先生……その、どんなふうに死んでたのか、訊いていいか？」

普通なら、食事中に殺人現場の話題など振られては、食欲が減退してしまうことだろう。

だが、職業柄、そんな話には慣れっこのウィルフレッドは、匙《さじ》を置くことなく話し始めた。

「あれから、俺とエドワーズは院長室へ案内された。……院長の遺体は、絨毯《じゅうたん》の上に仰向《あおむ》けに寝かされていたよ。きちんと両手の指を胸の上で組み合わせてあった。発見時は、部屋の中央で、横向けに身体《からだ》をねじった状態で倒れていたそうだが」

「死体、あんたが見る前に動かしちゃったんだ？」

「それは仕方あるまい。倒れている院長を発見した神官が、まず駆け寄って抱き起こし、生死を確かめるのは当然のことだ。刃物も、すでに引き抜かれていた」

「確かに。死んだまんまの状態で放っとかれてたら、そっちのほうが不自然だよな」

「ああ。それに、死体が最初にあった場所を同定するのは簡単だ。絨毯の上には、大きな血《ち》溜《だ》まりがあった。傷口が下を向いたために、そこから血液が流れ出たんだ」

「……院長先生、やっぱ殺されたのか？　死ぬまで、長く苦しんだ？」

ハルの表情も声も、ひどく不安げだった。いくら親しくはないといっても、やはり長年の知人の死に際して、まったくの平静でいられるはずはない。

おそらく、ウィルフレッドの帰りを待っている間じゅう、ずっと院長の死に様について思いを巡らせ、胸を痛めていたのだろう。そう察したウィルフレッドは、慰めるように言った。

「解剖の結果、胸部に突き刺さったナイフは、大動脈をほぼ完全に切断していた。即死に近い状態だと思っていい。苦痛は少なかったと思う」

「……そっか……」

それを聞いて、ハルは少しホッとした顔をする。その顔を見ながら、ウィルフレッドは話を続けた。

「刃物の角度から見て、自殺とは考えにくい。殺人に間違いはないだろう。身体の表面にほぼ垂直に、刃物が突き刺さっていた」

「……ってことは、院長先生と犯人の身長が同じくらいってこと？」

そんなハルの言葉に、「教えたことをよく覚えていたな」と厳しい目元を和らげ、しかしウィルフレッドはその推測を否定した。

「おそらくそうではなく、仰向けに倒れた院長にのしかかって、真上から両手で刃物を持ち、突き刺したんだろう」

「……真上から……？」

「傷が相当深かったからな。おそらく、犯人は男で……それも、上半身の力をこめて、思いきり突き刺したと思われる。……ただ」

「ただ？」

首を傾《かし》げるハルに、ウィルフレッドはナプキンで口元を拭《ぬぐ》いながら、どこか物憂げな顔で言った。

「あまりにも刺創が綺麗《きれい》すぎた」

「綺麗すぎた？　それって、どういうことだよ？」

訝《いぶか》しげに顔を顰《しか》めたハルは、ウィルフレッドの次の言葉に黒い瞳《ひとみ》を見張った。

「院長が抵抗した様子が、まったくないんだ。刃先が体内であまり動いていないから、傷口が乱れていない」

「抵抗した様子がないって……そりゃ、犯人がどんな奴か知らないけど、のしかかられたら、院長先生は年寄りだからな。動けやしなかっただろ」

「それでも、もし抵抗の意志があれば……。たとえばお前が、胴体の動きを封じられ、それでも犯人の動きを阻止したければ、どうする？」

ハルは少し考えてから、両の手のひらをウィルフレッドに向かって突き出した。

「手で防ぐ」

「そうだ。刃物を持った相手に、両手で対抗したらどうなる？」

「手を切りつけられて怪我《けが》するはずだろ？」

「ところが、院長の手は綺麗なものだった。身体についた傷も、その刺創一つだけだ」

「じゃあ、本気で無抵抗のまま、あっさり刺されて死んだってのかよ」

ウィルフレッドは重々しく頷いた。

「どうもそうらしい」

「あっ、もしかして、犯人はひとりじゃないのかもしれないぜ。何人もが院長先生を押さえつけて刺したんだとしたら……」

一生懸命に頭を働かせて、ハルは仮定を口にした。だがウィルフレッドは、即座にその可能性を否定した。

「強い力で押さえつけたなら、それなりの痕跡《こんせき》が身体に残っているものだ。指が食い込んだり、床に打ちつけられた場所が皮下出血になっていたりしてな」

「じ、じゃあ、気絶させられてたとか、眠らされてたとかは!?」

「犯人が当て身の名人だというなら、その可能性がないとは言えないが……。少なくとも、酒や薬物の類《たぐい》は、胃の中に入っていなかった」

「ちぇ、それももう調べ済みかよ」

悔しげに唇を尖《とが》らせるハルに、ウィルフレッドは首を傾げながら言った。

「神官たちは、院長は女神に仕える者として、他人と争うという愚行を毅然として拒んだのだと説明したが……」

ハルは幼い顔を憤りで赤らめ、テーブルに両手をバンとついた。

「んなわけあるかよ！　そりゃ、院長先生は立派な神官だし、大声出したところなんて見たことないけど……それでも、『ネイディーンの家』を大事に守ってきた人なんだ。孤児院のことをほったらかして、ただおとなしく殺されるなんて、おかしいよ！」

「ふむ……。だが、あるいは、院長は、いずれそうなることがわかっていて、覚悟ができていた……ということかもしれんぞ」

「そんな……。もう、何がなんだかよくわかんないよ、俺」

「実際のところ、俺もだ。エドワーズにしても、神官のしきたりや生活については、まったくの門外漢だからな。今回の捜査は手探りだとこぼしていた」

「だからって、いきなりフライトさんを逮捕していいってわけじゃないだろ。なあ、物証って何？　いったい何が出たってんだよ」

「……まあ、落ち着け」

いきり立つハルを宥《なだ》め、ウィルフレッドは空になったスープ皿にスプーンを置いた。

「実は神殿側が、院長の死体を警察署へ運ぶことを頑として拒否したんだ。神官は死した後、神殿から一歩も外に出ることなく荼毘《だび》に付され、その後灰を海へと撒《ま》かれるのだと」

ハルは当たり前だと言いたげにキッパリと頷いた。

「うん。神官になったからには、その身体はまるごと女神ネイディーンのもんだから。巡礼に出るときは別だけど、ほとんど神殿を離れることはないよ。灰だって女神様のものだから、女神様……海に返すんだ」

「なるほど。見事な徹底ぶりだな。そのせいで、解剖は孤児院の一室で行うはめになった。遺体に直接触れることを許されたのは、俺だけだ」

「うん。それで？」

「俺が服を脱がせて初めて、警察は院長の衣服を調べることができたんだ」

「てことは、院長先生の服から、何か見つかったのか？」

ウィルフレッドは重々しく頷いた。

「フライトが、院長に面会の約束を取りつけた書簡が出てきた。俺も見たが、確かにフライトの筆跡だった」

「ええっ!?」

驚きを露《あら》わにするハルに、ウィルフレッドは暗青色の目をつらそうに伏せた。

「面会の刻限は、昨日の午前三時。解剖の結果、院長の死亡時刻は、午前四時前後だ。……そこで、エドワーズはこう考えた。理由はまだわからないが、フライトは院長に深夜、人目を忍んで会う約束をしていた。そこで話がこじれて……」

「院長先生を刺し殺して逃げたって？」

「ああ」

「そりゃ……フライトさんがホントにその時刻、院長先生に会いに行ったとすればの話だろ……って、あっ！」

突然大きな声を出したハルに、ウィルフレッドは訝しげな顔つきになった。

「どうした？」

途端に、ハルは気まずげな顔をして口ごもる。

「あ……あ、いや、なんでもない」

「嘘《うそ》をつけ。お前は何か知っているんだな、ハル」

「う、うう……」

「話してくれ。お前まで、俺に隠し事をするな」

「……でも」

「警察に訊かれない限り、フライトに不利な証言をする気はない。……俺を信じてくれ」

言い添えた最後の一言に、ウィルフレッドがこの一件でひどく傷ついているのだと、ハルは痛感する。

少年は躊躇《ためら》いがちながら、正直に告白した。

「……実は昨日の朝早く、あんたの部屋から出たところで、俺、フライトさんに会ったんだ」

ウィルフレッドは、眉間《みけん》に深い縦皺《たてじわ》を刻む。

「なんだと？　それは、何時頃のことだ？」

「ええと……たぶん、五時前くらい。フライトさん、猫みたいにそうっと階段を上がってきたんだよ。変な物音がしたから、外を見回ってきたって言ったけど、灯《あか》りを持ってなかったし、ちゃんと洋服を着込んでたから、変だと思ってた」

「……そんなことがあったのか」

「うん。ごめん、すぐに話さなくて。でも、フライトさんはなんでもないみたいに振る舞ってたし、それに……」

「その前夜、お前がフライトのことばかり言うと、俺がつまらない嫉妬《しっと》をしたせいで、言い出しかねた……か」

「うん。……なあ、ウィルフレッド」

ハルは、心細げにウィルフレッドを見た。

「一昨日《おととい》の昼も、俺、フライトさんを見たって言ったろ。神殿の……『ネイディーンの家』の近くで、馬車の窓から」

「……そうだったな。俺は取り合わなかったが、あるいは……フライトが嘘をついていたのかもしれん。本当に、そこにいたのかもしれないな。もしそうなら」

ウィルフレッドは呻《うめ》くように言って、こめかみに手を当てた。彼が飲み込んだ言葉を、ハルはあえて口にする。

「もしかしたら、あんときもフライトさん、『ネイディーンの家』に行ってたのかな。でも、なんでだろう……。あの人、院長先生と知り合いだったのか？」

「それは、俺が訊きたいくらいだ。ハル、お前、孤児院にいた頃、そこでフライトを見かけたことはないか？」

ハルはしばらく考え、かぶりを振った。

「ないと思う。……孤児院には客なんて滅多にないし、来るとしても慈善家の貴族ばっかだし」

「……そうか」

ウィルフレッドは嘆息し、悔しげに呟《つぶや》いた。

「せめてフライトに直接会って、話を聞ければな」

「会えないのか？」

「解剖が終わったあと、フライトに会わせてくれとエドワーズに頼んだんだが、断られた。検死官である俺を容疑者のフライトに会わせては、奴に何か有利な入れ知恵でもしかねないと」

「な、なんだよそれ！　エドワーズのオッサンが、そんな失礼なこと言ったのか!?」

気色ばむハルを片手で宥め、ウィルフレッドは苦笑いした。

「悪気はないんだろう。エドワーズは、職務に忠実なだけだ。……関係者を依怙贔屓《えこひいき》しないのは、刑事としては立派な態度だよ」

「けどさあ！」

「取り調べが始まれば、フライトも何か語るだろう。捜査が進めば、ほかの物証が上がるかもしれない。……とにかく、今は成り行きを見守るしかない」

「でも……でも、取り調べってきついんだろ？　俺、酒場に来てた客に聞いたことがあるんだ。よってたかって殴られたり蹴《け》られたり、飯を抜かれたり、いろいろひどいことされるって……」

震える声でそう言って、ハルは両腕で自分の身体をギュッと抱いた。その仕草に、ウィルフレッドはハッとする。

数ヶ月前、ハルは酒場での諍《いさか》いが原因で、荒くれ男たちに拉致《らち》監禁され、ひどい暴行を受けた。危ういところでウィルフレッドとフライトに助け出され、今はすっかり元気になっているが、やはり心の奥底には、その忌まわしい記憶が深い傷となって残っているのだろう。

「……おいで」

ウィルフレッドは立ち上がると、右腕をハルのほうに差し伸べた。彼の意図を察したハルは、ほんのり目元を赤らめ、躊躇《ちゆうちよ》する。

「あの……俺、だいじょぶだよ」

「いいから」

「ううう……わっ」

席を立ち、おずおずと近づいてきたハルの腕を、ウィルフレッドはぐいと引いた。少年の華奢《きゃしゃ》な身体を、しっかりと抱いてやる。

「……ウィル……」

まるで小さな生き物のように、ハルの心臓がとくとくと速く打っているのが、触れ合った互いの胸を通して伝わってきた。

「大丈夫だ。手荒な真似《まね》はしないと、エドワーズは俺に約束してくれた」

ハルの背中を宥めるように撫《な》でてやりながら、ウィルフレッドは低い声で囁《ささや》いた。ガウンの胸に顔を埋《うず》めて、ハルはもそりと頷く。

「それに、お前になら、面会を許可してもいいとも言っていた」

「えっ？」

ハルは驚いて顔を上げる。

「幸か不幸か、孤児院に立ち入りを許されなかったせいで、お前は院長の死体を見てもいなければ、解剖にも立ち会っていない。よけいな情報をフライトに与える危険が少ないというわけだ」

「あ……」

「無論、監視はつくし、好きに出入りさせるというわけにはいかないが、差し入れ程度ならかまわない。エドワーズはそう言っていた」

「ホントに？」

ようやく瞳に光が戻ったハルの額に軽くキスして、ウィルフレッドは疲れた顔に微笑を浮かべた。

「ああ。だから、明日は俺と一緒に来なくていい。どうせフライトは、着の身着のままで逮捕されたんだろう。朝いちばんで、身の回りの物を持って行ってやってくれ」

「うん、わかった！　着る物と食べ物と……いろいろ持って行く！」

「よろしく頼む。……フライトに首尾よく会えたら、こう伝えてくれるか。俺には、新しい執事を探す気は毛頭ないと」

「ウィルフレッド……」

「わからないことは山ほどあるし、フライトの行動にはどうやら怪しいところがあるようだ。それでも俺は、あいつが悪人だとは思えない。まして、人を殺すなどとは」

「絶対、俺も思わないよ。ほかのみんなだって、信じられないって言ってる」

キッパリ断言したハルに、ウィルフレッドも頷いた。

「使用人の問題は、主の問題だ。遠慮などせず、力になれることがあるなら言ってほしい。俺がそう言っていたと……」

「うん、必ず伝える！」

ハルの黒い瞳には、強い決意の色が満ちている。そんなハルの長い黒髪を指で梳《す》き、ウィルフレッドは表情を和らげた。

「それとは別に、もう一つ頼みがある」

「え？　何？」

小首を傾げる幼い恋人の体温を感じながら、ウィルフレッドは桜色の耳たぶに口づけ、囁いた。

「今夜は、ただ一緒に寝てくれ。疲れすぎていて、このままでは上手く眠れそうにないんだ」

「……いいよ。俺はあんたの傍《そば》にいる」

せいいっぱいの労《いたわ》りをこめて、ハルは両腕を伸ばし、ウィルフレッドの広い背中をギュッと抱きしめた……。

＊　＊

翌朝、ウィルフレッドはいつもどおり検死官の仕事に出かけて行ったが、ハルは同行しなかった。

ウィルフレッドに言いつけられたとおり、着替えや食料を用意して、囚《とら》われの身のフライトのもとへと向かったのである。

フライトが留置されているのは、まだ刑が確定していない未決囚ばかりを収容した牢獄《ろうごく》だった。

裁判が結審し、量刑を言い渡された囚人たちは、沖合の小島にある監獄に送られ、厳重な監視下で重労働を科せられる。

だが未決囚が入る牢獄は、警察署の敷地内に建てられた、堅牢な石造りの建物だった。

ウィルフレッドが連絡しておいたのだろう。牢獄の入り口には、昨日フライトを逮捕しに来たブラウン巡査長が待っていた。

「やあ、おはようハル。気持ちのいい朝だね」

ブラウンは人好きのする笑顔でそう言ったが、ハルはムッと唇を引き結び、無言でブラウンの白い顔を睨《にら》みつける。

ブラウンは眉をハの字にし、両手を軽く上げて降参のポーズをした。

「気持ちはわかるけど、僕に腹を立てるのはやめてくれないか。こっちも仕事なんだからさ」

まだ年若い彼は、刑事にしてはやや気弱でお人好《ひとよ》しな性格らしい。ハルがなおも強情に黙りこくっていると、彼は気まずげにこう言い添えた。

「エドワーズ警部だってさ、依怙贔屓はしないって言いながら、けっこうウォッシュボーン先生に気を遣ってるんだよ。本当は、殺人事件の容疑者に、そう簡単に身内を会わせたりし

「だから？　ありがとうって言えばいいのかよ」

昨日、目の前でなすすべもなくフライトを連れ去られた悔しさが、負けず嫌いな少年の胸の中にはなお渦巻いている。

棘《とげ》だらけのハルの声に、ブラウンはやれやれというように力なく首を振った。

「べ、べつにそんなことは期待してないさ。……こっちだ。ついておいで」

諦《あきら》めた様子で歩き出したブラウンの背中を追いかけて、大きなバスケットを抱えたハルは牢獄の中へと入って行った。


鉄と木でできた頑丈な扉を潜《くぐ》ると、牢獄の中には、湿っぽく、黴臭《かびくさ》い空気が漂っていた。床も壁も石造りで、窓はごく小さく、数も極端に少ない。外は快晴だというのに、建物の中は鳥肌が立つほど温度が低く、薄暗かった。

（こんなとこに入れられてるんだ、フライトさん……）

早くも息苦しい気分になってきて、ハルは小さく身震いした。

厳重な身体検査と持ち物検査を済ませて、ハルはブラウンとともに看守に先導され、暗い通路を歩いた。コッコッと、硬い石の床に靴音が響く。

「面会のときには、悪いけど僕も近くにいるよ。会話の内容はすべて、捜査の一環として聞かせてもらう。っていうか、君もよけいなことは言わないようにね」

看守はもとから一言も話さないし、ハルも再び口を閉ざしてしまっている。

ブラウンだけが、牢獄全体に立ちこめる重苦しい雰囲気に耐えかねたように喋《しゃべ》り続けていた。

「昨日、けっこう夜遅くまで取り調べをしたんだが、やっこさん、なかなか頑固でね。何も喋りゃしないんだ」

「…………」

「おかげで僕は寝不足だよ。君は使用人仲間だから、せいぜい彼が気を許して真実を話してくれると助かるんだけどなあ」

「…………」

ハルはやはり無言のまま、ぷいとそっぽを向く。

「……やれやれ。こっちもだんまりか」

自分の声ばかりが石の壁に跳ね返ってこだまするのにもげんなりしたのか、そうぼやいたきり、ブラウンもついに口を噤《つぐ》んでしまった。

「……こちらで」

嗄《しわが》れた声で看守が言い、立ち止まったのは、小さな牢が三つずつ、向かい合わせに並んだ一角だった。

フライトはそのうちの一つに押し込められていたが、ほかの五つの牢には誰も入っていない。

独房なのも、エドワーズの「気遣い」なのかもしれないと思いながら、ハルは鉄格子に近づき、牢の中を覗《のぞ》き込んだ。

狭い独房の中は、恐ろしく暗かった。窓はたった一つ、それも手のひらくらいの大きさのものが、天井近くにあるだけだ。

フライトは、独房の奥、冷たい石の床に座り込んでいた。

いや、フライトだと聞かされてはいるが、薄闇《うすやみ》に紛れ、立てた膝頭《ひざがしら》に顔を伏せてしまっているその姿からは、それが彼であると確信することは難しい。

「……フライトさん？」

ハルが掠《かす》れ声で呼びかけると、人影はゆっくりと頭をもたげ、そして立ち上がった。足首に繋《つな》がれた鎖が、チャリンと鋭い音を立てる。鎖の端は、しっかりと壁に固定されていた。

フライトが鉄格子のすぐ傍まで歩み寄ってきて初めて、窓から差し込むわずかな光と、ハルの掲げているランタンの灯りが、彼の全身を照らし出した。

それを見た瞬間、ハルは息を呑《の》む。

「…………ッ！」

屋敷から連れ去られたときはまだ、執事らしく隙《すき》のない装いに身を固めていたフライトが、今は、見る影もなく変わり果てていたのだ。

ジャケットとタイは失われ、黒いズボンは埃《ほこり》だらけ、白いシャツは胸元が破れて大きくはだけてしまっている。

手首には荒縄の痕《あと》がすり傷になっており、そこから流れた血が、シャツの袖口《そでぐち》を痛々しく染めていた。

「フライトさん……！」

いつもはきちんと整えている金髪が乱れ、頬《ほお》や口元には、明らかに暴行を受けた形跡がある。

それを見てとった瞬間、ハルは手にしていたものを放り出し、ブラウンの襟首を思いきり締め上げていた。

「てめえ、この野郎！」

「う、うわっ。な、何事だい、ハル」

「うるせえ！　フライトさんに乱暴な真似しないって、ウィルフレッドに約束したんだろ!?　なんで殴ったりしたんだよッ！」

「わッ、わあ、そ、それは……っ」

ブラウンは目を白黒させ、腕をばたつかせて慌てふためく。

「約束破ってんじゃねえか、この嘘つき！　警察が嘘ついていいのかよ！　なんとか言いやがれっ」

「……ハル。やめなさい」

耳を打った静かな声に、逆上してブラウンの細面を殴り飛ばそうとしていたハルは、ハッと動きを止める。

「フライトさん……」

そろそろとブラウンから手を離したハルに、フライトは気怠《けだる》げに鉄格子にもたれ、呆《あき》れ顔で言った。

「まったくお前は、短気でいけない。警察官に暴力を振るったりして、お前まで投獄されたらどうするのかね」

「あ……」

「……まったくだよ。ひどい八つ当たりだ」

ブラウンは襟元を直しながら、ハルからジリジリと三歩ほど離れ、憮然《ぶぜん》とした顔で腕組みした。どうやら、そこで聞き耳を立てておくつもりらしい。

「だって！ フライトさん、そんなひどい目に遭わされちまって」

ハルは鉄格子を両手で摑《つか》み、わずかな灯りを頼りにフライトの顔を覗き込んだ。

フライトの目元は黒ずみ、頰は赤黒く腫《は》れ上がっている。いつもは気障《きざ》な笑みを浮かべている唇も、あちこちで痛々しく切れ、血がこびりついていた。

おそらく顔面だけでなく全身に、同じような打ち身や浅い傷があるのだろう。

ハルは真っ青になったが、フライトはむしろそんなハルを慰めるように、落ち着き払った口調で言った。

「警察の取り調べとしては、こんなものはまだ軽いほうだよ。生爪《なまづめ》を剝《は》がれたわけではないし、気絶するほど殴られたわけでも、頭から水をかけられたわけでもないからね」

「そんな……！」

「かつて執事の職を追われたときには、ヒモ暮らしのほかに、用心棒の真似事もしたものだ。この程度の荒事には、慣れているよ」

「……ごめん」

つらそうな顔で項垂《うなだ》れたハルに、フライトは常と変わらぬ平静な声で、「何がだね」と問いかけた。ハルは、俯《うつむ》いたままで、悔しげに答える。

「だって……。俺が危なかったとき、あんた、俺を助けにきてくれたのに」

「あれは、単に旦那様《だんなさま》のお供をしただけだ」

「それでも！　それでも……ごめん。俺、昨日も今日も、何もできなくて」

それを聞いて、フライトは腫れ上がった頰を歪《ゆが》めて笑った。微かな笑い声に、ハルは驚いて顔を上げる。

「な、何が可笑《おか》しいんだよ」

「なんとかしてもらおうなどとは思っていない。お前は、旦那様のお世話をしっかりしてさえいればいいのだ」

「それに、わたしに差し入れを持ってきたのではないのかい、そのバスケットは」

「そんなこと……!」

「あ! そ、そうだ!」

ハルは慌てて地面にしゃがみ込み、床に置きっ放しだったバスケットを抱え上げた。看守が、食事を与えるときに使う小窓の鍵《かぎ》を開けてくれる。

フライトが小窓に歩み寄ってきたので、ハルは立ち上がり、バスケットから品物を一つずつ押し込み始めた。

「これ、着替え。こんなときだから、黙って部屋に入って、クローゼットひっくり返して持ってきた。ごめんな。それから……あ、飯ちゃんと食ってる?」

「まあ……お前やブリジットが作ってくれるような、熱々の旨《うま》い飯というわけにはいかないが、一応は」

「今朝《けさ》焼いたばっかのパン。ハムと野菜とチーズ挟んできた」

「……ありがたいね。ワインがあれば、昼食としては申し分なかったんだが」

品物を受け取りながら、フライトはブラウンが聞き耳を立てているのを承知の上で、そんな軽口を叩く。

「持ってきてたけど、入り口で没収されちまったんだよ。ったく、ケチだよな！　おい、あのワイン、あとで返してくれよ！」

ハルもギロリとブラウンを睨んだ。弱気な巡査長は視線を逸《そ》らし、明後日《あさって》のほうを向いてしまう。少しばかり溜飲《りゅういん》を下げて、ハルは次々と食べ物を取り出しては小窓に押し込んだ。

「あと、日持ちのするものも作ってきた。これはポークパイ。あと、フルーツケーキ……ッ」

ハルはハッとした。小窓の中に差し入れたハルの手首を、ブラウンたちには見えないように、フライトがそっと握ったのだ。

「ふ……フライトさん？」

「……そのまま何か喋り続けていなさい」

フライトは、ハルにだけそっと聞こえるように、低い声で囁く。鉄格子の向こうから、フライトは、これまで見たことがないほど真剣な眼差《まなざ》しでハルを見ていた。

ハルはゴクリと唾《つば》を飲み込んだ。フライトの意図はわからないものの、ここは言うとおりにしたほうがよさそうだ。そう判断した少年は、できるだけさりげなくお喋りを再開した。

「ポークパイとフルーツケーキは、切り分けてからまたぎゅって合わせて、包んであるから！　一切れずつ大事に食べなよ」

「……ああ、わかっている」

落ち着いた様子で相槌《あいづち》を打ちながら、フライトはハルの手のひらに、みずからの指先で何かを書き始めた。

むず痒《がゆ》くて反射的に手を引っ込めたくなるのを、ハルは必死で我慢する。どうやらフライトは、文字を綴《つづ》っているらしい。

「ええと……あと、何かほしいもの……ある？　次来るとき持ってくるけど」

ハルは、指の動きを読み取ろうと必死で神経を集中しながら、どうにか話を続ける。

「そうだな。本当は熱いシチューでも食べたいところだが……」

「それは……ちょっと、無理、じゃね？」

無理といえば、手のひらに意識を集中しつつ、無理やり話し続けているせいで、ハルの口調も自然とはほど遠いものとなってしまっている。しかし幸いにも、ブラウンはそれを不自然とは思わず、ただ二人の会話内容だけを一言残らず聞きとろうと必死になっている様子だった。

「そうだな。では、せめて暖かく眠れるように毛布を。あとは……」

「傷薬、とか？」

「ああ、そうだな。それも必要だ。まあ、警察の方々には、お手やわらかにお願いしたいところだが」

最後の一文字「7」をゆっくりと書いたあと、フライトは、これで終わりだという合図に、ハルの手首を指先でトンと叩いた。そして、改まった口調でこう言った。

「それより、お前に話しておきたいことがある」

「え？」

ハルは手を引っ込め、サッと顔を引き締める。ブラウン巡査長も、ようやく事件について何か語るのかと、全身を耳にした。

だが、二人の聴衆の緊張に反して、フライトはいつもの執事らしい口調でこう言った。

「旦那様のお気に入りの、グレイのジャケットのことなんだが」

「はあ!?」

てっきり院長殺害容疑について語るものだと思ってたハルは、思わず素っ頓狂《すっとんきょう》な声を上げてしまう。

だがフライトは、そんなことにはおかまいなしでこう続けた。

「わたしの不注意で、まだきちんとブラシをかけていないんだ。だからお召しにならないようにと、旦那様にお伝えしてくれ」

「あのなあ！　ウィルフレッドの上着のことなんか、今はどうでもいいだろ！」

思わず鉄格子を握りしめ、フライトにできるだけ顔を近づけてハルは怒鳴る。だが、牢の中でも冷静さを失わない執事は、平然と言い返した。

「何を言う。旦那様はああ見えて身なりには無頓着な方だ。汚れたジャケットをお召しになってお出かけになられては、執事として申し訳が立たない。……もっとも、こんなことがあっては、旦那様はわたしにすっかり失望なさっておられることと思うが」

淡々とした声に滲《にじ》む苦痛に、ハルは優しい顔を曇らせる。

「そ……そんなことないって！　そうだ、ウィルフレッドからも伝言預かってたんだ。力になれることがあったら言ってくれって。あと、新しい執事なんか探さないからなって」

その言葉に、フライトは少し切なげな表情をした。

「……まったく。呆れるほどお人好しな方だ」

「ホントだよ。でもウィルフレッドも俺もみんなも、あんたが人殺しなんてする人だとは思ってないぜ」

「それはどうも」

軽く受け流すフライトをキッと見据え、ハルは思いきったようにこう切り出した。

「だけどさ……。あんた、院長先生と知り合いだったのか？　あの夜、ホントに院長先生に会いに行ったのか？」

だが、ハルの真摯《しんし》な問いかけに、フライトはまたしても曖昧《あいまい》な笑みを返しただけだった。

「フライトさんッ！」

「お前には関係のないことだよ、ハル」

「なんで、あんたはそういう……！」

「屋敷に戻って、自分の仕事をしっかり果たすことだ。……旦那様に、くれぐれもジャケットのことをお伝えするのを忘れないように。……行きなさい」

最後に、フライトは鉄格子を握りしめたハルの左手をちょんと突き、後ずさった。それは、さっき指先で書いた文字を忘れるなと念を押す仕草だった。

「……あ……」

ハルは、憤りと戸惑いが混ざり合った複雑な面持ちで絶句する。

そんな二人の様子に、そろそろ潮時だと踏んだのだろう。ブラウン巡査長は、歩み寄ってきてハルの肩を叩いた。

「面会時間は終わりだ。行こう、ハル」

その言葉を合図に、看守が小窓の鍵を閉め、フライトは無言で独房の奥……薄闇の中に引っ込んでしまう。

「フライトさん！」

呼びかけても、もうフライトは何も言おうとしない。

「さ、おいで」

ブラウンにぐいぐいと背中を押され、ハルは、幾度も独房を振り返りながら、牢獄を去った……。

「ふー、眩《まぶ》し……!」

ブラウンに別れを告げ、牢獄の外に出たハルは、突然前に広がった光溢《あふ》れる世界に、目をしばしばさせる。

「暗かったなあ……。空気も悪かったし、じっとりしてたし」

返してもらったワインボトルだけが入ったバスケットを手に、ハルは大きく深呼吸した。

胸によどんだ湿った空気が、春の心地《ここち》よい空気にたちまち入れ替わっていく。

(フライトさん……。警察にあんな目に遭わされても、何も言わないなんて、どうしてだろ……)

通りに出ると、いつもとまったく変わらず、そこにはマーキスの人々の生活風景が広がっている。

さっきまで彼がいた、あのジメジメと暗い牢獄の光景が、まるで悪い夢のように思われた。

しかし、そこには確かにフライトが押し込められていて、彼は今このときも、あの冷たい闇の中にうずくまっているのだ。

「なんで……何も言ってくれないんだよ。みんな、こんなに心配してんのに」

トボトボと通りを歩き始めながら、ハルは溜め息をついた。その視線は、自分の左手に落ちる。

さっき、フライトが自分の手のひらいっぱいに、一文字ずつゆっくりと書いたメッセージ。

それは、住所とおぼしき短い単語だった。

(行きなさい。……そう言ってから、フライトさん、俺の手を触った。手に書いた住所の場所に行けってことかな。そこに、何があるんだろう)


「んー……、とりあえず行ってみるか！　ウダウダ考えてたって仕方ねえもんな」

ハルは、少し迷った挙げ句、フライトに伝えられた住所を訪ねてみることにした。

言葉では何も語らなかったフライトが、わざわざ指示した場所だ。きっとそこには、警察には教えたくない「何か」があるに違いない。ハルはそう考えたのだった。

「L・Y・N・X・S・T・3・7……確か、そう書いたよな、フライトさん」

手のひらを滑るフライトの荒れた指先の軌跡を、ハルは何度も思い出し、確信を持って呟いた。

「リンクス・ストリート……山猫通り37番地、か」

聞いたことがない住所だが、通りに動物の名前をつけるのは、下町……オールドタウンの風習だ。

オールドタウンへ行って、適当な店で聞き回ればそのうちわかるだろう。

「よっし！」

一度心を決めれば、行動が早いのがハルの長所である。少年は勢いよくバスケットを振りながら、ズカズカと大股《おおまた》に歩き出した。

それから小一時間の後。

さんざんあちこちで聞き回った挙げ句、ハルはようやく目当ての場所に辿《たど》り着いた。

「ええと……リンクス通り、リンクス通り……と、このあたりか」

そこは、オールドタウンの中でも比較的裕福な、中産階級の人々が住むエリアだった。

通りは、いささかがたついてはいても石畳で舗装されているし、建ち並ぶ家々も、古いが手入れの行き届いたものが多い。

ハルがいたスラムと違って、通りに酔っぱらいやホームレスの姿はなかった。住人が掃除しているらしく、地面にゴミも落ちていない。

見れば、道路にはまばらではあるが、ガス灯も備えつけられていた。

「へえ……オールドタウンなのに、馬鹿にお上品なとこだな。まるで、ニュータウンみたいじゃん」

ハルは感心しながら、キョロキョロと道の両側を見ながら歩いた。

「あ、ここだ！」

フライトに告げられた三十七番地に建つ家は、その中でも、ひときわ綺麗だった。

建物はブロックごとに一続きで建てられているので、デザイン自体は他の家となんら変わるところはない。だが、玄関先のわずかなスペースには色とりどりの花が咲き乱れ、出窓にはレースのカーテンがかかっている。象牙《ぞうげ》色の壁に這《は》う蔦《つた》の緑色が、いかにも春らしく美しかった。

扉は赤い色に塗られ、ノッカーも、靴の泥をこそげ落とす金具も、繊細なデザインのものが取りつけられている。

「この家を訪ねて、今の状況を説明しろってことなのかな。いったい、誰が住んでるんだろ」

ハルは、出窓に顔を近づけ、カーテン越しに部屋の中を透かし見た。だが、室内に人影は見えない。

危険そうなら、いったん屋敷に引き返し、ウィルフレッドの帰宅を待って相談しようと思っていたハルだが、外から見る限り、ごく普通の住宅のようだ。

「フライトさんって、結婚はしてないって聞いてたんだけど。……もしかして、親兄弟の家なのかな。ま、いいや。とにかく、ちょっとノックしてみよう」

ハルはそう決意して、一度、大きく深呼吸した。

住人の正体すらわからない謎《なぞ》の家を訪問するとなると、さすがの彼もやや気後れする。まずは上着の裾《すそ》を引っ張って伸ばし、髪もきちんと結んであることを確認してから、ハルはおもむろにノッカーを鳴らした。

反応がないので、今度はもっと大きな音で鳴らしてみる。

しばらく待っていると、ゆっくりした足音が扉の向こうから聞こえてきた。

「……ジャスティン？」

扉越しに聞こえたのは、性別が不明のハスキーな声だった。妙に気怠げなその声に、ハルは緊張で上擦った声で返事をする。

「いえ、あ、あの。俺、フライトさんに言われて来たんですけど……」

「……ああ、お使い」

相手は納得したらしく、がちゃりと解錠する音がした。

しゃちほこばって待っていたハルは、扉が開いた瞬間、硬直した。

少年の目の前に現れたのは、まだ若い、しかも女神のように美しい男だったのだ。

背はさほど高くないが、猫を思わせるほっそりしたしなやかな身体を、女性のナイトドレスのような薄い寝間着に包んでいる。

雪のように白い肌が、はだけた胸元から惜しげもなく覗いていて、同性にもかかわらず、ハルは思わずドキリとしてそこから目を逸らした。

寝起きなのだろう。足元は裸足《はだし》で、肩からは薄手のガウンをしどけなく羽織っただけだ。

輝くような金髪は、大きく波打ちながら胸元を豊かに飾り、たいていの女性が悔し泣きしそうなほど美しい顔には、エメラルド色の大きな瞳が光っていた。

「な……あ、あの、えと」

長い睫毛《まつげ》に縁取られた双眸《そうぼう》に凝視され、ハルは驚きのあまり、まともに喋ることができない。

男は胡散《うさん》くさそうにハルの全身をジロジロ見ると、開けた扉にもたれ、腕組みして気怠げに言った。

「で？　何？　用事を言って、とっととお帰り。僕は眠いんだからさ」

赤い唇から吐き出される言葉は、外見の優美さと相反してひどく蓮《はす》っ葉《ぱ》でつっけんどんだ。

「ね、ね、眠いって……」

この美青年が何者か、ハルには見当もつかない。だが、フライトがここに来るよう指示したということ、しかもフライトをファーストネームで呼ぶところをみると、彼と浅からぬ縁のある人物だと思われる。

（フライトさんが大変だってのに、何が眠いだよ、こいつ……！）

ムッとしたハルは、持ち前の跳ねっ返りの気性を剝《む》き出しにして、声を荒らげた。

「俺には、用事なんかないよっ！」

「はあ？」

「フライトさんが、俺にここに行けっつったの！」

綺麗な弓なりの細眉をひそめた青年は、ああ、と小さく頷いた。

「わかった。お前、ハルだろ？　話は聞いてる。黒髪・黒い目のチビなんて、そうそういないもんな」

コンプレックスである外見的な特徴をズバリと言われて、ハルの頭にカッと血が上る。

「な……なんで俺の名前、知ってるんだよ！　だいたい、あんた誰？　フライトさんの何ッ!?」

噛《か》みつかんばかりの勢いで怒鳴るハルを面白そうに見やり、青年は細い指で髪をかき上げた。

「僕？　僕はキアラン」

「キア……ラン？」

「そう、僕にお似合いの綺麗な名前だろ。僕は、ジャスティンの……お前の言う『フライトさん』の男だよ」

「!!」

今度こそ本当に、ハルは黒い目を転げ落ちるほど見開き、絶句した。

「お、お、おとこ……！」

「何さ、べつに珍しい話でもないだろ。……とにかく、中に入りな。お前、料理人見習いなんだろ？　僕の朝ご飯でも作ってよ」

「う……ううう……」

そんな場合ではないと言いたいのはやまやまなのだが、確かに、道行く人々が、二人のほうを面白そうにジロジロ見ながら通り過ぎるのできまりが悪い。

「わ、わかったよ」

ハルはもはややけっぱちな気分で、キアランの細い身体を押しのけ、家に上がり込んだ。

「……へえ……」

家の中も、外観と同じように小綺麗にしつらえられていた。

通された居間の壁は淡い黄色と白に塗り分けられ、出窓のレースのカーテンを通して、明るい光が差し込んでいる。

キアランは、窓際に置かれた寝椅子にしどけなく横たわると、物憂げに言った。

「そっち。台所」

台所の在処《ありか》を示す指は細くたおやかで、およそ肉体労働には向かない代物だ。かなり図太そうな性格とは裏腹に、彼の身体はどこもかしこもガラス細工のように繊細にできているらしかった。

「……」

ハルは上着を脱いで椅子の背に引っかけ、憤然と台所へ向かった。

「……へえ、悪くないじゃん」

怒りつつも、やはり料理人のサガで、ハルは子細に厨房チェックを始めてしまう。

こぢんまりした台所は、清潔で、綺麗に整頓されていた。

野菜かごには日持ちのする野菜がそこその量あり、風通しのいいカップボードには、使いかけのベーコンやチーズの塊が、蠟引《ろうび》きの紙にきちんと包んで置いてあった。

「あんたさあ……」

台所から顔を出して呼びかけたハルに、キアランは不機嫌に言った。

「……キアラン」

どうやら、あんた呼ばわりが気に食わなかったらしい。ハルは仕方なく言い直す。

「……キアランは、料理すんの？」

キアランはだらしなく寝椅子に寝そべったまま、小馬鹿にしたような顔つきと口調で答えた。

「僕が？ するわけないだろ。料理は、通いの家政婦がするんだよ」

「その家政婦、今朝は来てないのかよ」

「僕は、いつも昼過ぎに起きるからね。家政婦も、午後にならないと来ない。……お前のせいで、死ぬほど早起きしちゃったよ。うあーあ」

片手を口に当ててもまったく無駄な大欠伸《あくび》をして、キアランは文句を言う。

「ちぇっ、悪かったよ。とりあえず、ここにあるもん、勝手に使うぜ？」

「いいよ。けど、まずはお茶ね」

「…………」

どうやら、朝食を作って食べさせるまでは、まともに話を聞いてもらえそうにない。ハルは仕方なく、大急ぎで支度に取りかかった……。

火を熾《おこ》すというのが、台所仕事でいちばん手がかかる作業である。しかし幸い、この家の家政婦は綺麗好きな人物らしい。オーブンがきちんと掃除されていたので、ハルはどうにかオーブンに火を入れ、簡単な朝食を作った。

「ほら、できたぜ」

「こっちに持ってきてよ」

相変わらず寝椅子に寝そべったまま、キアランは優雅にお茶を啜《すす》っている。

「……ったく。飯はちゃんと座って食えよな！」

ハルは仕方なく、寝椅子の前にある低いテーブルにトレイを置いた。

「ふーん」

キアランはいかにも渋々といった様子で身を起こし、並べられた料理を見回す。その赤い唇から出たのは、ハルがガックリくるような台詞《せりふ》だった。

「なんか、色気のない朝ご飯だよねえ」

「い……色気……？」

ハルはトレイを抱えたまま、呆気《あっけ》にとられて問い返す。朝食に色気を求められたことなど、十七年の人生の中で、ただの一度もなかったからだ。

「そ、色気。確かにそこそこ旨そうだけど、色気の欠片《かけら》もないじゃん。お屋敷の旦那様は、朝からこんな質実剛健メニューを召し上がってんのかい？」

キアランは、ジャガイモとベーコンが入った厚焼きのオムレツをフォークで崩しながら、上目遣いにハルを見た。ハルは曖昧に頷く。

「いつもはパンとお茶だけど。がっつり食べたいときは、そのオムレツが好きみたい」

「へえ……。すごいカタブツだってジャスティンが言ってたけど、食べるものもいかにもそれっぽいねえ……。ああ、でも旨いや。けっこういけるよ、これ」

「だろ！」

料理人見習いだけに、オムレツを褒められたハルは、思わずそれまでの顰めっ面を忘れてしまう。

キアランも、ようやく目が覚めてきたらしく、さっきよりは幾分機嫌のよさそうな顔で、オムレツを上品に頬張った。

床にしゃがんでその様子を見ながら、ハルは問いかけた。

「けどさ。色気のある朝飯って何？」

キアランはオムレツをけっこうなスピードで平らげながら、艶《つや》やかに笑って答える。

「そりゃさ。もっとエレガントな食べ物だよ。こういうのじゃなくて」

「だから、具体的になんだよ?」

「そうだなあ……。たとえば、グラス一杯の白ワインか、ちょっと贅沢《ぜいたく》にシャンパンから始めて」

「……は、はあ!?」

「スモークサーモンの薄切りなんかを摘《つま》んでさ。あとは、ちょっとしたコールドミートと、おいしいチーズと、よく熟れた果物があれば最高だね」

「あ、あんた、朝から酒飲むのかよ。それに、そんなもんだけじゃ、力出ないじゃん」

信じられないメニューに啞然《あぜん》とするハルとは対照的に、キアランは平然と頷く。

「起き抜けにちょっと飲む酒ってのは、旨いもんだよ。……いい男と夜を過ごして、朝に気怠く酒を飲みながら、軽く何か口に入れたいってときに」

キアランはオムレツにフォークをざくりと突き刺し、持ち上げてみせる。

「こんなどっしりした朝ご飯が出てきたら、興醒《きょうざ》めだろ。ロマンチックな夜の余韻が台無しだ」

「ふ……ふうん……。あッ!」

「何さ」

「んなことはどうでもいいんだッ! それよか、大変なんだってば。あんた、フライトさんの男……ってか、恋人なんだろ?」

「まあね。そういやお前、ジャスティンによこされたんだっけ。あいつ、どうかしたの？」

「どうかしたの、じゃねえよ！　あのな……」

ハルは床にしゃがんだままで、昨日、フライトの身に起こったことを語って聞かせた。あるいは何か知っているのではないかと、その前日の昼間に、「ネイディーンの家」の近くでフライトを見たこと、それから昨日の朝早く、フライトがどこかへ出かけていたらしいこともつけ加える。

「……で、フライトさんが容疑者にされた理由ってのが、『ネイディーンの家』の院長先生が殺されるちょっと前に、フライトさんと会う約束をしてたってのがわかったからなんだけど」

ハルがひととおりの事情を説明し終わると、それまで意外なほど静かに話を聞いていたキアランは、面白くもなさそうに鼻を鳴らした。

「ふうん。厄介なことになったもんだねえ」

てっきりキアランが動転すると思っていたハルは、そのあまりにも薄すぎるリアクションに愕然《がくぜん》とする。

「ふうんって、何、平然としてんだよ。あんた、フライトさんのこと、心配じゃないのかよ」

「……それはまあ心配だけど」

　キアランは、寝椅子の背もたれにしなだれかかり、こめかみに手を当てて、芝居がかった仕草で溜め息をついた。

「本人がおとなしく逮捕されちゃって、しかも牢獄の中なんだろ？　僕にはどうしようもないじゃない」

「そ、そりゃそうだけどさ！」

「……とはいえ、このままじゃ埒《らち》があかなそうだな。ジャスティンは見てくれより丈夫だけど、それでも牢獄なんかに長くいちゃ、せっかくの色男が台無しになっちまう」

　キアランは親指の爪を軽く噛みながらしばらく考えていたが、やがて「仕方がないなあ」と溜め息混じりに椅子から立った。

「ど、どうすんの？」

　ハルもつられてピョコンと立ち上がる。

「決まってるだろ。とりあえず、お屋敷に行く」

「は⁉　お屋敷に？」

　目を剝くハルのやや低い鼻の頭を指先でちょんと突き、キアランはツケツケと言った。

「ジャスティンがお前をここによこしたってことは、そういうことだろ？」

「そういうって……どういう？」

「僕とお前を引き合わせたってことは、お前の上にいる旦那様にも会えってことだよ」

「あ……そ、そっか……。それはそうかも」

キアランは寝間着の襟元を寄せると、優雅にクルリと一回りしてみせた。

「それに、そんなことがあったんじゃ、お屋敷の中はどんよりしてんだろ？　今のお前の顔みたくさ。僕が行って、華やかにしてやるさ。……ちょうどいい。いつか、お礼がてら、旦那様にはご挨拶《あいさつ》しなきゃいけないと思ってたんだ」

「……お礼？　ウィルフレッドに？」

さっきからオウム返しばかりするハルに、キアランは妖艶《ようえん》に笑って肩を竦《すく》めた。

「お前に今話したって、どうせ旦那様に全部喋り直すはめになるんだから、話はあとで。……さてと、そうと決まったら」

キアランはパンと手を打ち、ハルを見た。華奢なくせに身長はハルより高い彼なので、軽く見下ろされる形になって、ハルはいささかムッとする。

「なんだよ？」

「旦那様にお目にかかるからには、思いきりドレスアップしなきゃね！」

「ああ!?」

「だって、ジャスティンに恥をかかせるわけにはいかないもの。さ、おいで、ハル！」

最初の気怠げな様子はどこへやら、キアランはやけに張りきった様子で、ハルの肩を抱いた。ハルはギョッとして、どう考えても美女という形容のほうがふさわしい美青年の白い顔を凝視する。

「おいでって、ど、どこに」

「僕の部屋に決まってるだろ。僕が本気で身支度をしたら、二時間はかかるんだから。早く始めなきゃ、日が暮れちまう」

「って、俺が手伝うのかよ！」

「ほかに誰もいないんだから、仕方ないだろ。お前じゃろくに役に立たないだろうけど、手伝わせてあげるよ。ほら、早く早く！」

「お、俺はあんたの身支度なんてべつに……あいたたたた！」

「ガキが生意気言ってんじゃないの！」

戸惑いと混乱に翻弄《ほんろう》されつつ、ハルはキアランに思いきり耳を引っ張られ、悲鳴を上げながら引きずられていったのだった……。


そんなわけで、その日の夕方、いつもより少し遅い時刻に帰宅したウィルフレッドは、玄関先に現れた見慣れぬ人物に、暗青色の目を見張るはめになった。

「ハーイ」

物珍しそうな使用人たちの視線を受け、気まずげなハルの隣に立って、実にカジュアルな挨拶でウィルフレッドを出迎えたのは……言うまでもなくキアランである。

あれから、彼はハルに手伝わせ、入浴から始めてまさに三時間もかけ、身支度を整えた。そして、辻馬車《つじばしゃ》で意気揚々とウォッシュボーン邸に乗りつけ、今、こうしてウィルフレッドに相対しているというわけなのだった。

「…………」

主の留守中、しかも執事不在のこんなときに、自分の知らない人間を屋敷の中に入れるとは何事か。

本来なら、即座に使用人全員をそう叱《しか》りつけるべきところである。

だがウィルフレッドは、そうすることも忘れ、手に革鞄を提げたまま、呆然《ぼうぜん》と目の前に現れた青年を凝視していた。

無理もない。

朝とは打って変わって、キアランは目一杯お洒落《しゃれ》をしているのである。

長い金髪は綺麗にカールを整え、そのまま垂らしている。そのゴージャスな髪には、美しい瞳と同じ色の、エメラルドをちりばめた紐《ひも》が編み込まれていた。

着ている服も、すこぶる風変わりなものだった。マーキスの標準的な服装であるシャツとズボン、それにジャケットというものではなく、足首まであるストンとした長衣を纏《まと》い、その上から、ゆったりとガウンを羽織っている。

白い長衣の胸元と袖口には、これでもかというほど贅沢にレースがあしらわれている。ガ

ウンは薄手の天鵞絨《ビロード》で、やはり瞳に合わせて深い緑色だった。

白い足を包む編み上げ式のサンダルから、この装いがどうやら相当古い時代のファッションを模したものだと知れる。

ウィルフレッドの無遠慮な視線にまったく臆《おく》することなく、キアランは妖艶に微笑《ほほえ》み、ガウンの裾をちょっと摘んで、まるで淑女のように一礼した。

「お初にお目にかかります、旦那様」

「……確かに、初対面のようだ」

どうにか動揺を胸の奥に押し込め、ウィルフレッドは小さく咳払《せきばら》いしてそう言った。彼の仏頂面と訝しげな視線に、キアランは悪戯《いたずら》っぽい口調で言った。

「初対面だけど、旦那様は僕をご存じのはず」

「俺が？　君を？　そうは思わないが」

「ジャスティン・フライトがあなたに前借りをお願いした理由が、僕だから」

「前借り!?」

その言葉にハルはビックリして素っ頓狂な声を出した。ほかの使用人たちも、そんな話は初耳だったらしい。ウィルフレッドの手前、無言を貫いてはいるが、盛んに驚きの視線を交わし合っている。

だが、ウィルフレッドにはその説明でパーフェクトに事情が飲み込めたらしい。

「……なるほど、君が」

「そう、僕が。おかげでこうして自由の身になれたってわけ。感謝感激です、旦那様」

キアランは芝居がかった口調でそう言い、両手を広げてみせた。細い指にはめた金の指輪が、燭台《しょくだい》の灯りにキラリと輝く。

（こいつ、自分の恋人の雇い主相手に、態度でかいなあ。これが「お礼」かよ）

自分も、ウィルフレッドがそれを望んでいるとはいえ、雇い主と対等な口をきいていることは綺麗に棚に上げて、ハルは呆れ顔でキアランを見る。

だが、あまりその手のことにはこだわりのないウィルフレッドは、ようやく警戒を解いた様子で慇懃《いんぎん》に言った。

「こちらこそ、お目にかかれて光栄だ。こんな状況で……フライトがこの場にいないのは残念だが、屋敷の主として歓迎する」

ウィルフレッドはそう言って、ハルに視線を移した。

「夕食は、客人とご一緒する。……給仕はお前がするように。いいな、ハル」

「あ……う、うん、わかった！」

暗に三人で話をしようと言われたのだと悟り、ハルはこくこくと何度も頷く。

ウィルフレッドは、口の端にちらと笑みをよぎらせると、自室へと去っていった。メイドのポーリーンが、着替えを手伝うため、あとを追いかけていく。

「ふあーあ。久々に改まったご挨拶なんかしたら、肩が凝っちゃったよ」

ウィルフレッドの姿が見えなくなるなり、キアランは思いきり両腕を突き上げ、伸びをした。

「あんた、恐ろしい猫っ被《かぶ》りだな。なんだよ、あの嘘くせえ笑顔。俺が行ったときは、寝起きのボケボケだったくせに」

からかい口調でそう言ったハルの額を、キアランは指先でピシリと弾《はじ》いた。

「痛ッ！」

「人聞きの悪いこと言うんじゃないよ。相手にふさわしい態度をとってるって言ってほしいね」

「なんだよ〜！　俺には偉そうにすんのがふさわしい態度なのかよ」

「当たり前だろ。僕は『客人』なんだから。ほら、とっとと晩ご飯の支度をしてきなよ。僕はサロンでくつろいでるからさ」

「……ちぇっ」

「手が空いたら、食前酒を持ってきてよね。チェリーのリキュールがいいな」

「そんな小洒落たもんが、うちの食品庫にあったらなっ！」

肩を怒らせ、ドスドスと厨房へ向かうハルの背中に、キアランは可笑しそうにクスクス笑いながら小さく手を振った……。

　夕食は、茹でたて熱々のアスパラガスにポーチドエッグとカリッと焼き上げて砕いたベーコン、それに粗挽《あらび》きの黒コショウを添えた、ハル考案の新作料理と、昨日から仕込んでいたラムのローストだった。

　ダイニングルームには、ウィルフレッドとキアランがテーブルに向かい合って着席している。ハルは、二人のグラスに白ワインを注いだ。

「よく訪ねてくれた」

　そう言って、ウィルフレッドはあらためてグラスを軽く掲げた。

「ありがと」

　大輪の薔薇《ばら》のように艶やかに微笑んで、キアランも同じようにグラスを上げて応《こた》える。

（やっぱ猫っ被り！　身体よりでっかい猫被ってんじゃねえの、あいつ）

　自分には絶対にそんな愛想のいい笑顔を見せないキアランに、ハルは心の中で悪態をつく。

　そんなハルに、ウィルフレッドはあっさりとこう言った。

「お前も座るといい」

「……は？　いや、俺はいいよ」

　さすがに「客人」がいるというのに、使用人の自分が主と同じテーブルにつくわけにはいかない……と言おうとしたハルだが、ウィルフレッドは平然と言った。

「遠慮するな。壁際に突っ立っていられては、話しづらくてかなわん」

「でも……」

「座りなさい」

そう言われてしまえば、それはもう主の「命令」だ。ハルはおずおずとテーブルに近づき、ウィルフレッドが指示するとおり、彼の隣の椅子に浅く腰掛けた。

絶妙な固さに茹で上がったアスパラガスをナイフで切り分けながら、ウィルフレッドは切り出した。

「で、フライトの様子はどうだった？　無事に会えたんだろう？」

「あ、うん、会えた」

ハルは、アスパラガスの具合を気にしつつも、フライトの様子を詳しく二人に語った。

「……ってわけで。相変わらず、何も言ってくれなかったよ。ブラウン巡査長も、取り調べでもだんまりだったたってブックサ言ってた」

「……そうか」

ウィルフレッドは、沈んだ面持ちで嘆息した。

「俺も今日、エドワーズに愚痴られたよ。フライトからは何も聞き出せない上に、捜査中、彼を少々落胆させるような出来事があったらしくてな」

「オッサンをガッカリさせること？　何？」

ウィルフレッドは、アスパラガスを切ったナイフを少し持ち上げてみせた。

「院長の胸に刺さっていたナイフを回収して、エドワーズはそこから指紋を採取したんだ」

「いつもの手順だよな。あ、指紋ってのは、指先の模様のことな。ひとりひとり、全然違うんだってさ」

ハルは、キョトンとしているキアランに、自分の手のひらを見せて簡単に説明してやる。キアランはわかったようなわからないような顔で、「ふうん、それで？」と先を促した。ハルも、期待と不安の混ざり合った眼差しでウィルフレッドを見る。

「で、何かわかったのか？　犯人の指紋が採れた？」

「ああ。ナイフの柄に、くっきりと指紋が残っていたらしい。そこで奴は意気揚々と、フライトの指紋を照合したんだ。だが、合致しなかった」

それを聞いて、キアランとハルは目を輝かせ、顔を見合わせる。

「じ、じゃあ、フライトさんが院長先生を殺したわけじゃなかったんだ!?」

だが、ウィルフレッドは冷静にかぶりを振った。

「そうとは限らない。手袋をつけていれば、指紋は残らないからな。フライトが犯人だという確証にはならなかったというだけのことだ」

「ちぇっ」

「それ……どんなナイフだった？　僕はジャスティンの持ち物なら、たいてい知ってるから、話だけで見当がつくかもしれないよ」

キアランは、優雅なマナーで料理を口に運びながら訊《たず》ねた。ウィルフレッドは、記憶を辿るように、軽く眉根を寄せて答える。

「それが、奇妙なナイフだった。俺はあんなものを見たことがない。エドワーズも、マーキスのものではないと言っていた」

「どんなの?」

ハルは身を乗り出す。フォークとナイフを皿に置いたウィルフレッドは、両手の人差し指を立て、刀身の長さを表現してみせた。

「刀身は、普通の短剣と同じくらいだ。ただ、片刃で、ごくわずかに反っている。そして、鍔《つば》がない。……鞘《さや》は、現場にはなかった。犯人が持ち去ったんだろうな」

「鍔がなくて、刀身が片刃で反った短剣?そんなの、彼は持ってなかったよ。僕だって、これまで一度もそんな変わったナイフ、見たことがない」

キアランはキッパリと言った。ウィルフレッドも頷く。

「交易が盛んなこのマーキスでも、居合わせた誰も見たことのない風変わりなナイフだった。

……フライトが好みそうな品には見えなかったな」

「うーん……ほかには?ほかには何か新しい証拠、見つかったのかよ」

「いや。捜査の進行ははかばかしくないようだ。せいぜい、現場に残された足跡の大きさが、フライトと一致したというくらいだが……」

「それこそ、証拠としちゃ弱いね。あいつと同じ大きさの足を持つ男なんて、このマーキスには星の数ほどいるよ」

キアランはフンと鼻で笑った。ウィルフレッドも苦笑いで頷く。

「そういうことだ。つまり、フライトの無実を証明する証拠も、奴が犯人だと決定づける証拠も、まだ見つかっていない」

「そっか……。そうだよな。まだあれから一日しか経《た》ってないんだもんな。何か、牢獄があんまり居心地悪そうで、フライトさんがぼこぼこにされてたもんだから、俺、焦っちゃって」

ハルは気を取り直したように一度肩を上下させると、労るような笑顔をウィルフレッドに向けた。

「でさ……えっと、どう、今日の料理」

生真面目《きまじめ》なウィルフレッドのことだ、きっとハル以上に、一日中フライトのことで胸を痛めていたに違いない。食事のときくらい、少しは楽しい気持ちになってほしいと思ったハルは、もっと捜査のことを根掘り葉掘り訊きたい気持ちをぐっと堪《こら》え、話題を変えた。

実際、それ以上語るべきこともなかったのだろう。ウィルフレッドも、アスパラガスに卵の黄身を絡めながら微笑した。

「なかなか旨い。味もだが、食感がそれぞれ違うものを組み合わせてあるのがいいな。……客人の口にも合うといいんだが」

「黒コショウが効いてるのもけっこういいよね。こんな料理食べたことないけど、お前が考えたの？」

キアランにも褒められ、ハルはちょっと誇らしげに胸を張った。

「うん！　こうすりゃ旨いかなって思って」

キアランは、テーブルに頬杖《ほおづえ》を突いて、「へえ」とエメラルド色の目を細めた。行儀の悪い姿勢なのに、なぜかエレガントに見えるから不思議だ。

「ジャスティンが、料理の筋がいいって褒めてたのは嘘じゃなかったんだな」

「フライトさんが？　褒めて？」

「うん。あいつ、味にはうるさいからね。よっぽど旨い料理作ってるんだなって思ってた。確かに、悪くないよ」

「えへへ……って、あ、そうだ。あんたの話、まだ聞いてない！　いったい、フライトさんとどんな関係なんだよ。フライトさんが、あんたのためにウィルフレッドから前借りしたって、どういうこと？」

「……あー。そのこと」

キアランは再び料理を口に運びながら、あっさりした調子で言った。

「僕は、少し前までマーキスの公営遊郭で男娼をやってた。自分で言うのもなんだけど、高級男娼ってやつ。ジャスティンは、食いつめてた頃、僕のヒモだったたんだ」

「ええっ！　お、俺、てっきり女のヒモだったんだと思ってた」

昨日から驚いてばかりだと思いつつ、ハルは黒い目をまん丸にして、また驚きを露わにしてしまう。

キアランは、平然とその言葉を肯定する。

「ああ、あいつ、けっこうな遊び人だったから、そりゃいろんな奴を渡り歩いただろうさ。でも、僕に出会った瞬間、一目で僕にメロメロになっちゃった。無理もないよね。こんなに綺麗な顔、そうそうないもの」

自信満々の言葉に、ウィルフレッドとハルは思わず顔を見合わせる。そんな微妙な反応など気にも留めず、キアランは楽しげに言葉を継いだ。

「マーキスきっての色男に惚《ほ》れられちゃ悪い気はしないし、つきあってみりゃ、あいつ、家事は万能だし、マメだし、あっちのほうも相当上手いし。……で、僕もまあその気になったってわけ」

「その気になって、フライトさんのこと食わせてたんだ？」

興味津々で身を乗り出すハルに、キアランはご機嫌の顔で頷いた。

「男ひとり養うくらい、どうってことないし。僕、けっこう稼いでたからね。……だけど、このお屋敷に執事の職が見つかったっていうから、てっきりこれまでかと思ったんだよ。でもさ」

「でも？」

「いきなり上着のポケットから、札束をどーんと出してね。その金で僕を身請けしたい、一緒になってくれって言うんだ。すっごい真剣な顔でさ」

「ぶっ……！　あのフライトさんが、そんな真面目な顔？　……そ、想像できねえ」

キアランもクスクス笑いながら頷いた。

「だろ？　意外に男気のある奴でさ。馬鹿言うなって笑い飛ばすつもりだったのに、ついうっかり、いいよって言っちゃった。あーあ、つくづく早まったよねえ。この美貌《びぼう》を、誰かひとりのものにしちゃうなんてさぁ」

「うわあ……あ、じゃあ、その身請け金ってのが、前借り？」

今度は、ウィルフレッドが苦笑いで頷く番である。

「ああ。雇用を決めるなり、ずいぶんな額の借金を申し込んできた。毎月の給金から、少しずつ返すからと」

「うはあ……。そ、そんで貸したんだ？」

「理由を問い質したら、恩人であり恋人である人物を自由の身にするためだ、と言うのでな。悪くはない理由だと思った」

「はあ……。あんたのそういうとこ、すごいよな。普通、会ったばっかの、しかも悪い噂のある奴に、大金貸したりしないって」

「物好きだよねぇ」

ハルの言葉に、キアランも深く頷く。タイプはまったく違うくせに、妙に気が合うらしい二人の呆れ顔に、ウィルフレッドは少し困った様子で肩を竦めた。

「奴の人となりを見極めるいい機会だと思ったんだ。それで裏切られるようなら、俺に人を見る目がなかったというだけのことだろう」

「……はああ……」

「ふふっ。ジャスティンが、口癖みたいに『旦那様は放っておけないお方だ』って言うの、なんだかわかった。ホントだねぇ」

キアランは綺麗な笑顔でそう言い、片手で頬杖を突いてウィルフレッドの顔をつくづくと見た。宝石のように美しい瞳に凝視され、ウィルフレッドは居心地悪そうに身じろぎする。

「……フライトが、そんなことを？」

「うん。彼、仕事の合間とか休みの日に僕んとこに戻ってくるんだけど、話題はいつもお屋敷のことばっかり。妬《や》けるくらい、このお屋敷にいる人たちが好きみたいだね」

そう言うと、キアランはウィルフレッドにパチリと片目をつぶって笑ってみせた……。

「それにしても、フライトさんも人使いが荒いや。俺に、恋人のところに自分のこと知らせに行かせるなんてさ。俺、もっと大事な用事があるのかと……」

食器を下げ、食後酒の小さなグラスを二人の前に置きながら、ハルは不満げに唇を尖らせた。キアランは、そんなハルのふくれっ面を見上げてクスリと笑った。

「大事な用事じゃないか。お前が知らせに来なきゃ、こんなとんでもないことになってるなんて、夢にも思わなかったもの。僕はジャスティンが心変わりしたのかと勘ぐるところだったよ」

「そりゃそうだろうけどさ……」

「ねえ、旦那様」

キアランは、頬杖から顎《あご》を上げ、ほんの少し改まった調子でウィルフレッドに呼びかけた。ウィルフレッドも、背筋を伸ばしてキアランに相対する。

「何か？」

「ジャスティンが戻ってくるまで、僕をここに置いてよ」

思いもよらないキアランの「お願い」に、ウィルフレッドとハルは再び顔を見合わせる。

「君を……ここに？」

「うん。家にいたって彼の情報は入ってこないからね。いちいちハルが走ってくるより、僕がここにいたほうが話が早い。それに、ジャスティンがそんなに好きなこのお屋敷にも、ちょっと興味があってさ。駄目?」

(キアラン……)

呑気《のんき》そうな口調で言ってはいるが、やはりフライトの情報を、どんなことでもいち早く知りたいというのが本心なのだろう。それに、恋人の不在が寂しいに違いない。見るからに勝ち気そうな彼は、決してそんな思いを口にはしないだろうが。

そう思ったハルは思わず、傍らの恋人に呼びかけた。

「ウィルフレッド」

わかっていると言うように瞬《まばた》きで頷き、ウィルフレッドはキアランに言った。

「無論、かまわない。ここにいたほうが、少しなりとも気が紛れるだろう。……ハル、彼に客間を」

「ああ、客間なんて、肩が凝るからいいよ。ジャスティンの部屋でいい」

ヒラヒラと片手を振ってそう言ったキアランは、ニヤリと笑ってこうつけ加えた。

「この際、殺人事件の捜査は警察に任せといて、僕のほうは、あいつが浮気してる痕跡がないかどうか、部屋の中を大捜索してやろうかな」

＊　＊

それから三日が過ぎた。

キアランは服をぎっしり詰めた巨大なトランクをウォッシュボーン邸に持ち込み、本当にフライトの部屋で居候生活を始めた。

ハルは毎朝、キアランと一緒に牢獄へ差し入れを持って行った。あるいは、キアランをフライトに会わせてやれるチャンスがあるのではないかと期待してのことだった。

だが、相変わらず黙秘を貫いているらしいフライトの態度に焦《じ》れた警察は、孤独に耐えかねての自白を期待してでもいるのか、面会を許そうとはしなかった。

ウィルフレッドは、いつもと変わらず検死官の職務に日々勤《いそ》しみ……いや、いつも以上に、忙しく励むはめになっていた。

老いた心には衝撃が大きすぎたのだろう。老料理人のブリジットが、フライトのことを心配するあまり、体調を崩して寝込んでしまったのだ。

もとから五人しかいない使用人のうち一人が逮捕、一人が病気で欠けてしまった。ブリジットの看病はポーリーンが引き受けてくれたものの、厨房の仕事や食器の管理は、ハルの肩にズッシリとのしかかった。

そんなわけで、いくら働き者で元気なハルでも、検死官の仕事を手伝う余裕がない。ウィルフレッドは、ひとりで孤独に出勤する日々が続いていた。

そして四日目の朝。

呼び鈴の音を聞いて、朝食の後片づけをしていたハルは、皿洗いの手を休めて窓の外を見た。屋敷の門前に、検死官用の馬車が停《と》まっている。

「警察のお迎えか」

ハルはウィルフレッドを見送るために、エプロンを外して厨房を出た。

玄関ホールに出ると、ウィルフレッドがちょうど階段を下りてくるところだった。その姿を見たハルは、思わず小さな声を上げた。

「あっ！」

ウィルフレッドが着込んでいるのは、ダークグレイのシックなジャケットだった。

（しまった……！）

その色を見た瞬間、牢獄でフライトから預かった伝言をすっかり失念していたことを、少年は思い出したのだ。

「うわあ……！　ウィルフレッド！」

「…………？」

ウィルフレッドは、ものすごい勢いで駆け寄ってきたハルに、眉をひそめた。

「なんだ、騒々しい」

「ご、ごめん！　俺、フライトさんからの伝言、ころっと忘れてた！　こないだ会ったとき、あんたに伝えろって言われてたのに」

「なんだって？　いったいフライトはなんと？」

それを聞いて、ウィルフレッドもただでさえ厳しい顔をさらに引き締める。ハルは勢い込んで言った。

「そのジャケットだろ、あんたがお気に入りのグレイのって」

「……あ？　ああ、確かに最近よく着ているが」

「フライトさんが、それ着るなって言ってたんだ。まだ手入れしてないから！」

「まさか……それが伝言か？」

いったいどんな重要事項を伝えられるのかと身構えていたウィルフレッドは、愕然とした様子で聞き返す。ハルも、困惑の面持ちで頷いた。

「う……うん。なんかあんたに恥かかせちゃいけないからってすごく気にしてた。だから、ええと、着替え……とか」

両手をバタバタさせるハルに、ウィルフレッドは肺の中が空っぽになりそうな深い溜め息をついた。

「警察の連中が、俺のジャケットのことなど気にすると思うか？」

「思わない……けど」

「今から着替えている暇はない。フライトの几帳面《きちょうめん》さには頭が下がるが、どうせならもう少し自分のことを気にしてほしかったものだな」

「俺も……そう思う。……あの、重ね重ね、ごめん」

ウィルフレッドの不機嫌そうな表情に、ハルはしゅんと項垂れてしまう。

「べつに、お前に腹を立てているわけではない。……気にするな。行ってくる」

口ではそう言いつつも、どう見ても落胆した面持ちのウィルフレッドは、ハルの肩をポンと叩くと、足早に出て行ってしまった。

「……気をつけて」

伝言を忘れていたことへの罪悪感と、朝からウィルフレッドを苛立《いらだ》たせてしまったことへの反省に、ハルは珍しいほどションボリした様子で、ウィルフレッドの真っすぐな背中を見送った……。

その日の、午後三時過ぎ。

ハルは、フライトの逮捕以来、彼の仕事になった玄関ホールの掃除を終え、厨房に戻ってきた。

この屋敷は決して大邸宅ではないので、玄関ホールもこぢんまりとしている。ウィルフレッドの好みを反映し、インテリアもシンプルなものばかりだ。

それでも、調度品の埃を払い、床や階段や手すりを拭き清め、大きな花瓶に生けた花の手入れをするのは、時間と手間のかかる作業だった。

「ふー、フライトさん、ああ見えてけっこう働きまくってたんだなあ……」

いつも飄々《ひょうひょう》と仕事をこなしていたフライトの涼しい顔を思い出し、ハルは嘆息する。その上、暇を見てはキアランに会いに「自宅」に戻っていたと知っては、感心の度合いも倍増である。

「あ、キアランっていえば、昼飯から姿を見てないな。……ちょっと、様子見に行くか」

ハルは、二人分のお茶の支度を調えて、フライトの部屋に向かった。

ノックをすると「お入り」といらえがある。ハルは器用にトレイを片手で持ち、扉を開けた。

「お茶持ってきた」

「……ああ、もうそんな時間？」

素っ気ない返事をしたキアランは、書き物机に向かっていた。

教養ある貴族階級を相手にする元高級男娼だけに、キアランは読み書きが完璧《かんぺき》にできる。

そこで、ハルたち使用人たちの多忙ぶりを見かねた彼は、フライトの仕事の一つである帳簿つけを引き受けてくれているのだった。

日々の細々した出納や、毎日のメニュー、来客など、屋敷で起こった事柄をすべて書き留める仕事は、けっこう大変なものだ。さすがのキアランも、真剣な顔でペンを走らせていた。

「大変か？　飯食ってから、ずっとやってたのかよ」

ハルが小さなテーブルに茶器を並べながら問いかけると、キアランはうーんと伸びをしながらペンを置き、立ち上がった。

「そりゃまあ、慣れない仕事だからね。けど、ここに置いてもらってんだから、そのくらいはするさ。……それに」

キアランはエメラルド色の瞳を伏せ、視線を帳面に落とした。

「ジャスティンがあんまり几帳面にあれこれ書いてるのがおかしくてね。見てると笑っちゃうんだ。旦那様の服の組み合わせはまだしも、毎朝の牛乳の濃さまで書いてんだもん」

「え、マジ？」

「ほら、見てみなよ。ホント細かいから。……きっと牢の中で、お屋敷のことが心配で仕方ないだろうなあ、あいつ」

冗談めかした口調でも、声には隠しきれない気遣いの色が滲んでいる。ハルはハッとしてキアランを見た。だが、そんなハルの表情の変化に気づいたキアランは、すぐに花のような笑顔になり、パンと手を打った。

「さ、休憩休憩。お茶にしよう」

そう言って、キアランはソファーに腰を下ろし、カップを手にした。ハルも、その隣に腰掛け、キアランの綺麗な横顔を見つめた。

牢獄への行き帰りに世間話をしたりはするものの、こんなふうに二人きりでゆっくり座って話をするのは、初対面の朝以来、これが初めてのことだった。

お茶を飲み、大麦のビスケットを齧《かじ》りながら、ハルは口を開いた。

「その……心配だよな、フライトさんのこと。全然会えねえし。俺、ウィルフレッドは警察に、フライトさんを釈放しろってねじ込んでくれると思ってたんだけど。仕事でエドワーズのオッサンに毎日会ってるはずなのに、普通に仕事しちゃってるみたいだしさ」

思わずそんなささやかな不満を口にしたハルに、キアランは皮肉っぽく弓なりの眉を上げた。

「馬鹿だね。旦那様は、我慢してるんだよ」

「我慢？」

「そ。だって、特別扱いを検死官が要求しちゃまずいだろ。犯罪を暴くお仕事なんだからさ。自分の身内だからって、取り調べに手心を加えるように頼んだなんて世間に知れりゃ、信用がた落ちじゃない」

「……そりゃ、そうだけど」

「それに、旦那様がそうやって節度を保ってるからこそ、警察のほうがビビって、自分たちからあれこれ気遣いをしちゃうんだよ」

「そういう……もん？」

「そういうもんさ。心配だからって、なりふりかまわずに走り回るのは、賢いやり方じゃないよ」

「それは……そうかも」

「ハル、お前、いくらまだガキだっつっても、少し単純すぎるんじゃないの？　お前も男娼だったたって言ってただろ。いろんな人の相手をしてりゃ、もう少しいろんなものの見方ができてもよさそうなもんだけど」

いかにも大人ぶった調子でそうくさされて、ハルはふくれっ面で言い返す。

「何言ってんだよッ。男娼っても、俺はあんたみたいな高級なやつじゃなかったんだ。酒場の二階の狭くて汚い部屋で、毎日何人も、それこそやれりゃいいって奴らの相手ばっか。人の見方もへったくれもあるかよ！」

吐き捨てるような荒々しい声に、ハルがその過去をひどく忌まわしく思っていることを悟ったのだろう。キアランは、珍しいほど素直に「ごめんよ」と言い、ハルの頭を撫でた。

その手の意外な優しさに戸惑って、ハルはやや乱暴に頭を振る。

「こ、子供扱いすんなっ」

「なんで。少なくとも僕よか子供なんだから、いいだろ」

慰められた照れ隠しに嚙みつくハルに、キアランは可笑しそうに笑う。

「って、あんた何歳なんだよっ」

「美人に年を訊くのは礼儀知らずだよ、ちびっ子」

「ちびっ子って言うな！」

「チビで子供なんだから、ちびっ子でいいじゃない。……それにしても」

小猿のようにキーキー怒るハルをからかって遊んでいたキアランは、ふと真顔になってこう言った。

「じゃあさ。愛のある交わりは、旦那様が初めてなんだ？」

「う、う、ううう」

頭から湯気を噴きそうな赤面っぷりで、それでもハルは正直に頷く。

「そっか。……可愛《かわい》いね」

呟くようにそう言ったキアランの声に、いつものような意地悪な響きが少しもないことに驚いて、ハルは思わず顔を上げた。

「キアラン……？」

ハルの幼さの残る顔をじっと見て、キアランは静かに問いかけてきた。

「高級男娼と、そうでない男娼の違いを知ってるかい、ハル」

「そ……そりゃ、高級男娼は器量がよくて技術もすごくて、金持ちだけを相手にしてて、しかも客を選べるってとこだろ！」

「うーん。まあ、間違いじゃないけど。でも、本当の違いはそこじゃないよ。高級男娼が特別な存在なのは、客を選ぶ代わりに、いったん客と認めたら、その相手に真心を尽くすところさ」

「……真心？　何それ。だって、客だろ？　身体だけのことだろ？」

首を捻《ひね》るハルの髪をさらりと撫で、キアランは小さくかぶりを振った。

「違うよ。ただ、身体を捧《ささ》げるだけじゃない。完璧な恋人になるんだ」

「完璧な……恋人？」

「そう。ひとときの逢瀬《おうせ》でも、ともにいるときは、身も心もその人のもの」

ハルは、キョトンとした顔でキアランを見て、首を傾げた。長い黒髪が、さらさらと肩を滑る。

「でもさ。それってホントの愛じゃないだろ？　金で買われるんだから、偽物の愛じゃん？」

「もちろんそうだよ。だけど、たとえ偽りの愛でも、心を尽くせば、そこには『本当』が生まれる」

「本物の愛になるってこと？」

「ああ。それが、たとえ刹那《せつな》の幻でもね。美貌や教養はもちろん、立派な方々のお相手をするには欠かせないものだけれど、それだけじゃ高級男娼にはなれない」

キアランは、もう一度ハルの艶やかな髪を撫でた。ハルはもう、その手を拒むことはせず、ただ目の前の美しい青年を凝視している。

「限りなく相手に愛情を与えることができる……それが何より大事なことなんだ。真心があればこそ、閨《ねや》の技だって生きてくる。……で、ハル」

「何？」

まだ真面目な話の延長だと思って、真摯な面持ちでいたハルは、キアランが投げかけてきた問いに、ソファーから転げ落ちそうになった。

「お前、あっちのほうはどうなのさ。旦那様を満足させて差し上げられてるのかい？」

「な、な、な、何言ってんだいきなりッ」

火を噴きそうに赤い顔で憤るハルに、キアランはむしろ不思議そうな顔で言った。

「何照れてんの。子供扱いするなって言うなら、この程度でいちいち暴れるんじゃないよ。……ジャスティンも心配してたからねえ。お前と旦那様は、はたしてちゃんと楽しめてるのかって」

「た、た、た、楽しめて……」

動揺のあまりまともに喋れないハルを頭からつま先までジロジロと検分したキアランは、

大袈裟《おおげさ》な溜め息をついて言った。

「ふーむ。とりあえず、決定的に足らないのは色気だよな。お前と旦那様には、二人してとにかく色気がなさすぎる」

それは確かにもっともな指摘なので、ハルはうっと口ごもりながら言い返す。

「そ、そ、そりゃ、あんたとフライトさんに比べりゃその……なんだけど、でもっ」

「でも何もないよ。まあ、確かに旦那様は、ありゃもうどうしようもないね。骨にまで朴念仁って彫り込んであるようなお方だから」

「う、うん」

「だからこそ、お前のほうで色気を補充して差し上げなきゃ」

「んなこと言われたって、無理だよ！　お、俺、どうやりゃいいかわかんないもん。そ、それに！　ウィルフレッドは、そんなこと気にしない……と、思うっ」

「それはそうだろうね。……でも、考えてもごらんよ、ハル」

キアランは、人差し指でハルの細い顎をくいと持ち上げた。互いの顔が近づき、ハルの鼻を、甘い香りが掠める。キアランがいつも身につけている、エキゾチックな香水の匂《にお》いだ。

「庭師だって料理人だって医者だって、腕がいいにこしたことはない。違うかい？」

「ち……違わない、けど？」

「恋人だって同じさ。床のことが下手よりは、上手なほうがいいに決まってる」

「う、ううう……」

確かに言われてみればそのとおりで、ハルは返す言葉を失ってしまう。そんなハルの頬をやわらかな両手で挟み込んで、キアランはニヤリと笑った。

「いい機会だから、教えてあげるよ」

「な、な、な、何を⁉」

「ちょっとした閨の技。お前だって、旦那様を気持ちよくさせて差し上げたいだろ？」

「そ、それは……うん……でも」

「でも、じゃないよ。その手管を教えてあげる。しっかり自分の身体で覚えな」

「お、俺の身体でって……え、あ、うわあっ！」

いったいどういうことだと問い質す間もなく、ハルの身体はソファーに押し倒されていた。次の瞬間、驚きに開いたハルの唇を、キアランのやわらかな唇が塞《ふさ》ぐ。

「何す……う、んん……っ」

ハルは仰天しつつ、抵抗しようと両手でキアランの胸を押す。だが、このしなやかな身体のどこにそんな力が隠されているのか、キアランは易々《やすやす》とハルの両手首を片手で摑み、頭の上に固定してしまった。

「う……んあっ」

「最後までやりゃしないから、暴れるんじゃないよ。……ほら、口を開けて」

もう一方の手の指が、ハルの閉じようとする唇をそっと、けれど容赦なくこじ開ける。すかさず忍び込んできたやわらかな舌は、ハルの舌を捕らえ、絡みついてきた。

力づくで押さえつけられているのに、キスはあくまで甘い。

「ふ……ぁ」

そのギャップにただもう驚いて、ハルはキアランの舌を噛むことも、その身体を突き飛ばすことも忘れて呆然としていた。

「……っ」

尖らせた舌先で歯の裏をなぞったり、逃げを打つハルの舌を誘うように愛撫《あいぶ》したり、キアランの舌は、まるでそれ自体が意志を持った生き物のように、自由自在に動く。

奇妙なことだが、ハルはそれを侵略だとは思えなかった。強引なやり方にもかかわらず、キアランのキスには、慈しみにも似た優しさが感じられたのだ。

「……ビスケット味のキスなんて、子供に悪いコトしてるような気分になっちゃうな」

ほんのわずかに唇を離し、キアランは色っぽく掠れた声で囁き、クスリと笑った。この期に及んでの子供扱いに抗議しようとしたハルだが、再び重ねられた唇に、不平の言葉はあっさりと飲み込まれてしまう。

いつしか力の抜けたハルの両手を解放して、キアランはその手でハルの長い黒髪を梳いた。キスを続けながら、しなやかな指は熱くなったハルの耳たぶを撫で、首筋を辿り、シャツのボタンを器用に外す。

「あ、はあっ……」

はだけた襟元から忍び込んできた手は、少年の肉づきの薄い胸元を這い、小さな突起を探り当てた。

「んあッ」

先端を指の腹で擦《こす》られ、ハルは息を詰めた。繊細な指先の動きが、ハルの身体に抗《あらが》えない快感の波を生み出していく。少年は戸惑いながらも、いつしか熱に浮かされ、キアランのガウンの襟に両手ですがりついていた。

「はぁ……あ」

ようやく長い口づけから解放されたとき、ハルは情けなく腰が抜け、身体に力が入らない状態になってしまっていた。

身を起こしたキアランは、ハルの上気した熱い頬を撫で、艶然《えんぜん》と笑った。

「ね。偽りの愛でも、心をこめりゃ、ちゃんと伝わるだろ？　キスだけでこんなに感じて、びっくりしちゃった？」

「う……そ、そりゃ、び、び、びっくりするよ。いきなりこんなこと……」

「お前にはホントの愛があるんだから、きっともっと旦那様を気持ちよくさせてあげられるよ……と、ありゃ、こんなにしちゃって」

キアランの視線が、下方に滑っていく。

「あ、み、見んなっ……あっ」

ハルは慌てて身体を捻り、そこを隠そうとしたが、意地悪なキアランは、ハルの足の間に自分の両膝を割り込ませてしまった。閉じることができなくなった足のつけ根に、確かな反応を示す膨らみが露わになる。

そこをズボンの上からやんわりと撫でられ、ハルの身体がびくんと跳ねた。

「ッ！」

「仕方がないな。これじゃ歩くのもつらいだろうから、ついでにこっちの触り方も、少しだけ教えてあげる」

「ちょ、も、いいから離し……うわ！」

制止する間もなく、キアランの手がズボンの中に潜り込んでくる。直《じか》に触れられ、熱を帯びて勃《た》ち上がりかけたそこを握り込まれて、ハルは思わず高い声を上げる。

「う、うあ、ひゃっ……！」

「もっと色っぽい声出しなよ」

「誰が……ぁ、ああっ……」

これまで意識したこともなかったような微妙な場所に、キアランの繊細な指先が触れる。

やわらかく薄い皮膚を撫でたり、擦ったり、優しく圧《お》したり、あるいは敏感な粘膜に、軽く爪を立てたり……。

複雑な刺激に、ハルの身体はたちまち熱を帯び、抗しきれない快感に翻弄されていく。

「ふっ……はあ、は、はっ……ああっ！」

初めて味わう高級男娼の手管に、ハルはなすすべもなく上りつめ、その手の中に欲望を放ってしまった。

「はい、お稽古《けいこ》終了。……気持ちよかっただろ？」

クスクス笑いながら、キアランはハルの頰に音を立ててキスし、身体を離した。

「く、くそ……！　人のこと、好き勝手しやがって……っ」

弾かれたように起き上がったハルは、大慌てで乱れた服を直しながら、涙目でキアランを睨む。だが、どれだけ凄《すご》んでも、一方的に感じさせられ、いかされてしまっては迫力ゼロだ。

ハルの放ったもので汚れた手を、わざと見せつけるようにしてハンカチで拭いながら、キアランはいつもの底意地の悪い口調で言った。

「そうやってギャンギャン怒るから、色気がないっていうんだよ。感じてる顔は、けっこうそそられるのに」

「〜〜〜〜！」

「ちゃんとやり方は覚えた？　忘れないうちに、旦那様にちゃんとやってあげなよ？」

「う、うるさいやい、このエロ野郎！」

頭のてっぺんから蒸気を吹き上げんばかりの赤い顔で、ハルはソファーから飛び降りた。

そのまま戸口へ猛然と向かうハルの背中に、キアランは平然と声をかける。

「次に旦那様のお部屋に行くとき、またおいで。せめて、色気のある服でも貸してあげるからさ」

「……よけいなお世話だッ！」

バタン！

ものすごい勢いで扉が閉まり、階段を駆け上がっていく足音が遠ざかる。

「やれやれ。次は余韻ってやつも教えてやんなきゃいけないみたいだね」

そうぼやきながら、キアランは部屋にこもった独特の臭気を追い払うために、窓を大きく開けはなった。

と、屋敷を囲む鉄柵の間から、屋敷の中を窺《うかが》っている人影が目につく。

「…………？」

窓を開ける音でハッと身構えたその人物は、うららかな春の日には似つかわしくない黒ずくめの服を着て、帽子を目深に被っていた。顔は見えないが、そこそこ長身のガッシリした体格から、性別は男と推測できる。

男は二階の窓から自分を見下ろしているキアランに気づくと、すぐさま踵《きびす》を返し、全速力で駆け去っていった。

「ふうん……」

明らかに不審な人物だったが、キアランの顔に、驚きの表情はなかった。ただそのエメラルド色の双眸に、これまでハルたちには決して見せたことのない、厳しく冴《さ》えた光がよぎる。

「めんどくさいことを押しつけてくれるよ、ジャスティン。僕ひとりで、どこまでやれるやら」

うんざりした口調で意味不明の愚痴をこぼしたキアランは、けれどどこか楽しげな笑みを珊瑚《さんご》色の唇に浮かべ、こうつけ加えた。

「……でも、がぜん面白くなってきた。いつ仕掛けてくるかな、あいつら」


ちょうどその頃。

ハルがとんでもない目に遭っているとはつゆ知らず、ウィルフレッドは、オールドタウンのとある建物の二階にいた。

目の前を、担架を担いだ警察官たちが通り過ぎていく。その上に寝かされているのは、男の死体だ。

貧しい人々が暮らすこのエリアでも、小金を貯《た》める人間はいる。そうした人々を狙《ねら》って、強盗殺人があとを絶たない。

今日もまた、そんな事件の凄惨《せいさん》な現場に、ウィルフレッドは立っていた。

「先生、すぐに次の現場へ行かれますか?」

戸口に顔を出してそう言ったのは、ブラウン巡査長だった。ウィルフレッドは、手袋を脱ぎながらそちらへ顔を向ける。

「ああ。そのつもりだ。今日は、エドワーズは来ないのか?」

朝から姿を見せない上司の名を口に出されて、ブラウンは気まずげに答えた。

「ああ……その、警部は、今日はずっと署のほうに詰めておりまして……」

「……フライトの取り調べか」

「いや、は、その……あの、ば、馬車を見てきますッ」

もごもごと言葉を濁し、ブラウンは階段を駆け下りていった。そのあからさまな態度こそが、何より雄弁な肯定である。

「………」

どうやら、フライトはずいぶん厳しい取り調べを受けているらしい。ウィルフレッドは、牢につながれた執事のことを思い、思わず溜め息を漏らした。

「……そういえば……」

ふと、今朝、出がけにハルから聞いた、フライトの伝言を思い出す。

「手入れしていないから、このジャケットを着るなと言っていたんだったか。だが、ブラシはかかっているようだが……」

いつも、ウィルフレッドが帰宅して入浴している間に、フライトは彼の脱いだ服を必ずチェックして、必要な手入れをする。

たとえ翌日に同じ服を着ることになっても、手入れが間に合わなかったことなどこれまで一度もなかった。

「……考えてみれば、奇妙な話だな」

いくらフライトが執事の職務に熱心でも、こんなときに服のことをわざわざハルに言付けるのはあまりにも不自然だ。

ウィルフレッドはしばらく考えてから、おもむろにジャケットのポケットを探り始めた。

「…………！」

胸の内ポケットに手を入れたとき、何かが指先に触れた。注意深く摘み出してみると、それは、二つ折りの小さな紙片だった。開いてみれば、そこにはただ一行、フライトの筆跡でこんな文句が書かれていた。

『ここに入っていたお手紙は、しかるべき場所にしまっておきました』

「これは……」

ウィルフレッドは怪訝《けげん》そうな顔をした。

なんのことはない文面だが、彼にとってそれは、どうにも不可解なメッセージだった。

なぜなら、服の型くずれを嫌って、ウィルフレッドは普段、内ポケットには何も入れないことにしているからだ。

そこに手紙など入れておくはずはないし、あるいは万が一、何かが入っていれば、フライトは直接その旨をウィルフレッドに伝えただろう。

(なぜこんなことを、わざわざ紙に書いてよこしたんだ……?)

紙片を手に考え込んだウィルフレッドは、ハッとした。

(フライトの奴、自分が逮捕されることを見越して、この走り書きをここに仕込んでおいたのか……?)

そう考えれば、牢の中から、ハルを通じて「グレイのジャケットを着るな」などという珍妙な伝言をよこしたフライトの意図が理解できる。

彼は、ウィルフレッドが不審に思い、このジャケットを調べ、紙片を見つけることを期待したに違いない。

となると……。

(「しかるべき場所」……そこに、フライトが本当に俺に伝えたかったメッセージが隠されているということか……!)

それが、彼が「ネイディーンの家」の院長と面会を約した理由、あるいは今も黙秘を貫いている理由と直接関係があるかどうかは、まだわからない。それでも、こうまで手の込んだ方法をとるということは、それが彼にとってとても大切な何かであるのは確かだろう。

（しかるべき場所……。書簡をしまうといえば、おそらく、俺の書斎のどこかだろう）

そこまで行き着いたところで、ウィルフレッドの思考は、ブラウン巡査長の声で中断された。

「ウォッシュボーン先生、馬車が来ました！」

「……ああ。すぐ行く」

正直を言えば、今すぐ仕事を放り出して帰宅し、書斎をひっくり返したい。そんな気持ちをぐっと理性で抑え込み、ウィルフレッドは解剖道具が詰め込まれた革鞄を手に、殺人現場をあとにした……。

執事の独白

ピチャン……!

天井から落ちた水滴が、床石に落ちて弾《はじ》ける。

その小さな音で、俺はまどろみから覚めた。

今、何時だろう。

旦那《だんな》様はもうお休みだろうか。また、本を読みながら寝入ってしまわれたかもしれない。

失礼だがこっそり寝室を覗《のぞ》いて、火の始末ができているかどうか確かめなくては。

慌てて立ち上がろうとした俺は、全身に走った痛みに呻《うめ》き、へたり込んでしまった。

足首に嵌《は》められた鉄の輪と、そこから壁に伸びる重い鎖が、俺の意識を現実に引き戻してくれる。

「……そうか……。ここは屋敷ではなかったな」

まさか、四十を過ぎて、寝ぼけるとは思わなかった。座り込んでいるうちに、いつの間にか寝入ってしまったらしい。

斜めに傾《かし》いだ奇妙な姿勢で寝ていたせいで、あちこちの関節が軋《きし》んでいる。

俺は片手で、凝り固まって鈍く痛む首を揉《も》みほぐした。

ウォッシュボーン家の執事たる俺、ジャスティン・フライトは、三日前に突然逮捕された。

それ以来ずっと、この昼なお暗く寒い独房と、取り調べ室を往復するだけの日々が続いている。

俺にかけられた容疑は、殺人だ。

しかも、俺が殺したとされる相手は、孤児院「ネイディーンの家」の院長。高位の神官であり、孤児院育ちのハルにとっては、偉大な父のような存在だろう。

そんな人物を、俺が本当に殺したか否か。

少なくとも今は、それについては語るまい。

日々繰り返される取り調べは、無論相応の暴力を伴うが、思ったより軽いものだ。

逮捕の翌朝、面会に来たハルが口走った言葉によれば、どうやら旦那様が、俺に暴力を振るわないようエドワーズ警部に約束させたらしい。

そのわりに、俺は全身傷とアザだらけだが、警察の連中は、骨の一本もへし折らない限り、「暴力」とはみなさないのだろう。

まあ、まだしばらく持ちこたえられそうな気がする。

俺にはここにいるそれなりの理由があるし、体の痛みは、旦那様によけいなご心配をおかけした罰だと思えば軽いものだ。

検死官の屋敷の執事が神官を殺したという噂《うわさ》はきっともう、社交界に広まっているだろう。

俺のほうは、すでにスネに傷を持つ身だ。この上、悪評の一つや二つ上乗せされたところで、どうということはない。

だが、旦那様は違う。あの清廉潔白を絵に描いたような方の名誉が、俺の逮捕で必要以上に傷つけられていないことを祈るのみだ。

ハルによれば、旦那様は、こんな俺をまだお屋敷に置いてくださるおつもりらしい。お人《ひと》好《よ》しも、そこまでいくと空恐ろしく感じられる。

まあしかし、あの屋敷にいる人間は、基本的に皆、お人好しばかりだ。

ハルも、あれ以来会えはしないが、毎朝、食べ物がぎっしり詰まったバスケットを持ってきている……らしい。

お前ひとりでそんなに食べられはしないだろうと、看守どもが勝手に好きなものを抜き取ってから俺に渡すので、残念ながら美食三昧《ざんまい》というわけにはいかないのだ。それでもハルの気遣いは、十分に感じることができる。

そういえば。

ハルは、無事にキアランに会えただろうか。

少々短絡的なところはあるが、頭のいい少年だ。俺が手のひらに書いた文字が住所だと、すぐに気づいたことだろう。

万が一、ハルが訪ねて行かなくても、キアランには屋敷に行き、何か理由をつけてそのまま居座るように言ってある。彼ならきっと、上手くやってくれるはずだ。

キアラン……。

誰《だれ》よりも美しく強く聡明《そうめい》な、俺の恋人。

最後に会ったのは、逮捕された日の昼過ぎだった。

彼に会ったことを誰にも知られたくなかったし、すぐに屋敷に戻らねばならなかったため、俺は家に入ることすらできず、ただ玄関先で数分立ち話をしただけだった。

詳しい事情を説明する余裕などなく、いきなり無茶な頼み事をした俺に、キアランは腹を立てもせず、どこか面白がるような顔つきで「わかった、いいよ」と言ってくれた。

これまで男娼《だんしょう》として、数知れない修羅場を潜《くぐ》ってきたのだろう。

彼は優美で繊細な外見をしていながら、決してかごの中でしか生きられない弱々しい小鳥ではない。強くてしたたかな野生の鳥が、ただ気まぐれに身を寄せてくれている……そんな感じさえする。

高慢に見えて実は人情家のキアランは、きっとハルのことが気に入るだろう。

あのなんにでも一生懸命な少年には、誰だって好感を抱かずにはいられない。だからこそ、この俺までもが……いや、そのことは、今は考えまい。

少し、腹が減ってきた。

俺は闇《やみ》に慣れた目で、差し入れのバスケットを引き寄せた。

毎晩一本だけ短い蠟燭《ろうそく》を使うことが許されているが、灯《あか》りをつけてまで見たいようなものは、この無粋な独房の中にはない。

昼間の取り調べでみぞおちをしこたま殴られたせいで、夜になっても吐き気がして水を飲むのが精いっぱいだったのだが、ようやく胃袋が落ち着いてきたようだ。

俺はバスケットの中から、適当な包みを一つ取り出した。

どっしり重いハトロン紙の包装紙を開くと、黴臭《かびくさ》い独房に、フワリと芳醇《ほうじゅん》な酒の香りが漂った。中身はフルーツケーキだと、匂《にお》いだけでもわかる。

ハルの奴、初日にワインを取り上げられて、酒類を俺に届けることが難しいと悟ったのだろう。それ以来、差し入れのフルーツケーキには、これでもかというほど酒が染み込ませてある。

俺はケーキを大口に頬張《ほおば》った。酒に漬け込んだドライフルーツをたっぷり混ぜて焼き上げた甘いケーキと、そこから溢《あふ》れ出る酒。

尋問で疲弊しきった身体《からだ》には、どんな良薬にも勝るありがたい代物……ではあるが、どう考えても、このケーキに使われたのは、旦那様が特別な日に少しずつ飲むのを楽しみにしておられた、極上の蒸留酒だ。以前、味見をするかと一口くださったその味が、鮮烈に記憶に残っている。

それほどに旨《うま》い酒だったのだ。

ハルがその酒の存在を知っているとは思えないので、おそらく旦那様が、そういうことならこれを使ってやれと持ち出してこられたのだろう。

まったく、あの方は。

物欲がないというか、浮世離れしているというか、とにかくあの鷹揚《おうよう》さには、こちらが戸惑ってしまう。

使用人というのは、気を遣わせるために雇うのであって、気を遣うために屋敷に置いておくものではないと、以前、旦那様に申し上げたことがあった。

あれは確かハルが来る一年ほど前、ポーリーンの息子《むすこ》が病気にかかり、彼女が休暇を願い出たときのことだ。

旦那様はそれを快諾なさった上に、その間の給料を保障し、しかも高価な薬を手配して彼女にお渡しになった。

差し出がましいとは思ったが、あまりにも使用人を甘やかしすぎではと苦言を呈した俺に、旦那様は不思議そうな顔でこうおっしゃった。

「何かを必要とする者がいて、その何かを自分が与えられるときに、渋る理由があるだろうか。病と闘う子供に、苦しみを少しでも軽くする薬と、優しく抱いてくれる母親を与えてやれることを、俺は誉れに思うが」と。

施すとか恵むとか、そんな大上段な姿勢ではなく、少し手を伸ばせば届くものなら、あの方はひょいと無造作に取って、相手に渡してしまわれるのだ。

その後、休暇から戻ったポーリーンが、幼い息子がたどたどしい字で書いた礼状を差し出したときの旦那様の嬉《うれ》しそうな顔を、彼女も俺も、一生忘れることはないだろう。いい雇い主に恵まれた、と思う。今の俺があるのは、旦那様のおかげだ。

だからこそ、ささやかな恩返しをしたいと思う。

旦那様が……あの物事に執着しない方が、唯一、独占欲を剝《む》き出しにする大切な「もの」を、なんとしても守らなくてはならない。

ただ、俺自身が身動きのとれない立場になってしまったので、その目的を果たすために、キアランを巻き込まざるを得なくなったのが心苦しいところだ。

キアランのことを思うと、彼がいつも身につけているエキゾチックな香水の匂いが、鼻先を掠《かす》めた気がした。やれやれ、空《す》きっ腹《ぱら》に酒浸しのケーキを食べたおかげで、少しばかり酔いが回ってきたのかもしれない。

ケーキの最後のひとかけを口に放り込もうとしたとき、カサカサと近くで微《かす》かな物音がした。

独房における隠れた同居人のひとり……いや、人ではないのだが、大きなネズミがケーキの匂いに惹《ひ》かれて出てきたらしい。

俺は、食べようと思っていた欠片《かけら》を、音のしたほうへ投げてやった。礼のつもりか、チチッと甲高い鳴き声が聞こえる。

「どういたしまして。だが、酔っぱらっても知らないぞ」

ネズミと会話している自分を滑稽《こっけい》に思いつつも、俺は律儀に警告し、石壁にもたれかかった。

両足を投げ出したできるだけ楽な姿勢で、両手の指を腹の上で組み合わせ、目を閉じる。

恋人の温かな身体を抱いて眠ることができないならば、せめて彼の面差しを思い出して、心を安らげよう。

心地《ここち》よい酔いに疲弊した身体を任せ、全身に染み入るような冷気もしばし忘れて、俺の心ははるか遠く……キアランと出会ったあの日に遡《さかのぼ》っていった……。

＊　＊

それは、ある秋の日の真夜中だった。

雨は夕方から音もなく降り続いており、すっかり濡《ぬ》れそぼった俺は、大きなずだ袋を肩から提げて、オールドタウンの片隅をあてどもなく歩いていた。

その半年前、俺は、執事として数年間勤めていた屋敷を去るはめになった。

お屋敷の奥方と懇ろになってしまい、それが主人に露見したのだ。

仕掛けてきたのは奥方のほうだったが、自分の立場をわきまえず彼女の誘いに乗ったのは俺だ。一方的に解雇されても、文句を言う余地はない。

それからというもの、定職に就くどころか定住すらできず、俺はこの街を彷徨《さまよ》い続けている。

骨まで染みるような雨の冷たさは、海の女神の鉄槌《てっつい》のように感じられた。

「やれやれ、さすがにこれはきついな。……女神様、どうぞお手やわらかに」

思わず、そんな呟《つぶや》きが口からこぼれ落ちた。


俺がお屋敷勤めを始めたのは、十三歳のときだ。

靴磨きからスタートして、何軒かのお屋敷を渡り歩き、経験を積んで少しずつ出世してきた。最初から目指していたのは、使用人の最高位である執事だ。

自分で言うのもなんだが、少年の頃から、俺はよくもてた。

粗末な服に身を包んだ下働きの時代から、年上の使用人たちにやたら声をかけられ、かまわれた。おかげで、いわゆる初体験は十四歳、相手は二十歳も年上のメイドだった。

屋敷に勤める女性たちからは、彼女たちが魅力的だと思う男の風貌《ふうぼう》や仕草を教わり、フットマンや執事といった男性の先輩たちからは、頼もしく有能な男の姿というものを学び、仕事を覚えるのと同じくらい、男を磨いても来たと思う。

だからこそ、どこの屋敷に行っても夜の相手には事欠かなかった。素人玄人《しろうとくろうと》を問わず、自分の美意識にかなう女性であれば可能な限り誘いに応じたし、俺から誘いをかけることも多々あった。

特定の相手とつきあうより、色々な女性を経験してみたかったし、何より、そういう気楽な交際……というか遊びが性に合っていたのだ。

お屋敷ではそつなく振る舞っていたつもりだが、人の口に戸は立てられず、と言う。くだんの奥方の耳にも俺の素行に関する噂が入り、だからこそ、彼女は俺を火遊びの相手に選んだのだろう。

だが、俺と奥方の秘め事はたちまち他の使用人たちに知れ、噂は風のように素早く、屋敷の主《あるじ》の耳に入った。

普通なら、雇い主は事を荒立てるような愚行を決してしなかっただろう。妻が執事と浮気をしていたなどと、名家の主人にとっては耐えがたい醜聞だからだ。

事実関係をたしかめてから、俺にそれなりの金を摑《つか》ませ、一筆書かせて口を封じ、遠方の奉公先を紹介して厄介払いする、というのがおきまりのやり方だ。実際俺は、ことが明るみになったところで、どうせそうなるはずだ、自分が損をすることはないと高を括《くく》っていた。

だが俺は、自分が男前であることをすっかり失念していた。

俺に嫉妬《しっと》を覚えた……その、お世辞にも美男子とは言いがたい主人は、即座に俺を呼びつけ、奥方の浮気が事実だったことを知ると逆上した。分別を失い、穏便な解決をはかることを忘れた彼は、屋敷中に響き渡るヒステリックな声で奥方と俺を罵《ののし》り、怒鳴り散らしたのだ。

俺は昼日中、着の身着のままで屋敷を追い出され、その騒ぎはたくさんの人々が目撃するところとなった。主人夫婦には相当な赤っ恥だが、俺にとって、事態はもっと深刻だった。雇い主の奥方と懇ろになって解雇された執事など、雇ってくれるお屋敷はどこにもない。どこを歩いても後ろ指を指され、俺は逃げるようにオールドタウンへと向かった。

そこでは、俺に残された唯一の財産……この容姿が再び役に立った。馴染《なじ》みの女の家に転がり込んだ俺は、いわゆるヒモ暮らしを覚えたのだ。

執事の職を失い、新しい仕事を探す意欲も失っていた俺は、女と寝るだけで食わせてもらえるという自堕落な生活に、たちまち骨の髄まで染まってしまった。

とはいえ、オールドタウンの住人の多くは、食べていくのがやっとの貧しい生活を送っている。一つところに、長く居候するわけにはいかない。

数日、長くても数週間を過ごしたら、次の相手を見つけて移動せざるを得ない。これまではどうにか落ち着き先を確保できていたが、三日前、とある女の家を出て以来、次の標的を見つけられずにいるというわけだった。

「……参ったな」

さすがに泣き言を漏らし、俺は細い路地に入り込み、壁にもたれて座り込んだ。そこなら、ささやかな庇《ひさし》が雨を遮ってくれる。

喉《のど》の渇きは雨粒で癒《いや》せても、空腹は如何《いかん》ともしがたい。しかし、ゴミ箱を漁《あさ》ったり、物乞《ものご》いをしたりすることは、なけなしのプライドが許さなかった。

「とはいえ……このままでは、そうした暮らしに堕《お》ちざるを得ないか」

少しでも寒さを和らげようと、俺は両膝《りょうひざ》を抱え込み、そう独りごちた。

道行く人々は、俺に目もくれない。行き倒れなど、この貧しい街では掃いて捨てるほどいるのだ。死ねば衛生局の人間が片づけていく。それだけのことだ。

「物乞いまでして生きていたくはなし、かと言って、このまま野垂れ死にしたくもなし。難しいところだな……。うん？」

暇に飽かして結論の出ない物思いに沈んでいた俺は、ふと、耳に飛び込んできた人の声に我に返った。

路地からそっと顔を出してみると、どうやら諍《いさか》いらしい。大柄な男が三人がかりで、若く美しい女に因縁をつけている。

男たちは、この辺ではよく見る典型的なやくざ者だが、女のほうはオールドタウンではちょっと見ないような華やかな美人だ。地味なマントを頭からすっぽり羽織ってはいるが、その下から覗く衣装は、暗がりにも色鮮やかな上物である。この街の女たちが、身につけられるような代物ではない。

（……ニュータウンの女が、従者とはぐれでもしたかな）

「おいおい、ぶつかっといて知らん顔はねえだろ」

「あーあー、痛い痛い。肩が外れたかもしれねえぜ」

呆《あき》れるほど陳腐ないちゃもんだ。女は相手にせず行き過ぎようとするが、男たちは彼女を囲み、逃がさない。

「逃げるなよ。悪いと思うだろ？　な、ちょっと顔貸せよ。いい身なりじゃねえか、金なり身体なり、詫《わ》びの入れようは知ってるだろうが」

男のひとりが、女の手首を鷲掴《わしづか》みにした。

どうやら、女をどこかに連れ込んで、狼藉《ろうぜき》しようという腹らしい。女は恐怖に竦《すく》んでしまったのか、ろくに抵抗もできずにいる。

(渡りに船……ってところか)

俺は音を立てずに立ち上がった。

もし彼女が貴族の女なら、ここで救ってやれば、恩を売ることができる。執事とまではいかなくても、どこかにお屋敷勤めの口でも紹介してもらえればしめたものだ。

(運が向いてきやがった)

胸の内でほくそ笑みつつ、雨を吸ったコートと上着を脱ぎ捨て、身軽になる。

屋敷勤めで、大部屋暮らしが長かった俺だ。勤務中は澄ました顔をしていても、基本的に使用人というのは荒っぽい連中が多くて、部屋ではよくリンチや喧嘩《けんか》があった。そんな中で揉まれて育ったせいで、腕っ節にはそこそこ自信がある。

間男の経験も一度や二度ではないので、気配を殺すこともいつしか上手くなった。

俺は路地に落ちていた棒きれを手に、そろそろといちばん近くにいる男の背後に忍び寄った。

向かいに立った男が俺に気づいたその瞬間に、目の前にいる男の後頭部に棒きれを叩《たた》き込む。経験的に、頭頂部を打つよりも、後頭部……特に盆の窪《くぼ》あたりに打撃を与えるほうが確実に相手にダメージを与えられるのだ。

「ぐわッ」

容赦ない一撃に、男は低い呻き声を漏らし、気絶して地面に倒れた。

あと二人。だがまずは、助けるべき「ご婦人」の身の安全を確保するのが先決だろう。大事な金づるに気絶でもされて、肝心の救出場面を見損なわれては困る。

「てめえッ！」

「この野郎、邪魔すんなッ」

突然の邪魔者の出現に驚き、男の手が女から離れる。その瞬間を逃さず、俺は入れ替わりに女の手首を掴み、ぐいと自分のほうへ引いた。

「俺の後ろへ！」

女連れでは、逃げてもすぐに追いつかれる。それよりは、俺の背中で守ってやろう。首尾よく一人は倒したから、あと二人ならどうにかやれるはずだ。

そんな計算をして、俺は女の身体を抱き寄せた。

近くで見る女の顔は、女神と見まごうばかりに美しい。ほっそりした顔を縁取るのは、わずかな月明かりにも光り輝く豪奢な金髪だ。

肌は雪のように白く滑らかで、俺を見上げる大きな瞳《ひとみ》はエメラルド色、そして不敵に笑っている唇は珊瑚《さんご》色……。

待て。……不敵に笑っている？

「……あ？」

そこで初めて、俺は女がまったく怯《おび》えていないことに気づいた。

と同時に、見下ろした女の手に、どうにも違和感を感じる。指の長い、美しい手だが、女にしては大きすぎるのだ。

……まさか。

その浮世離れした美貌にてっきり女だと思っていたが、これは……。

「も、もしや、お前」

狼狽《うろた》える俺に目の前にいる人物は、口角を吊《つ》り上げ、ニヤリと笑った。

「僕が、何」

音楽的だが、女にしては低すぎるその声。やはり……これは、紛れもない男だ。

だが、男だとわかっても、その美しさは少しも霞《かす》まなかった。手を引く俺に抗《あらが》わず、俺の胸に身を寄せた彼女……いや、彼のほっそりした身体からは、エキゾチックな香水が匂った。

「お前、男だったのか……」

「だったら何さ。助けてくれるつもりじゃなかったの？　やめる？　僕のほうは、別にどっちでもいいんだけど」

俺にだけ聞こえる低い声で、彼は囁《ささや》いた。蠱惑的《こわくてき》な声だ。なぜか、鼓動が嫌になるほど早くなった。もう、目の前で怒り狂っているやくざ者たちなどどうでもいいとまで思ったくらい、俺は腕の中の男の顔に釘《くぎ》づけになっていた。

「まさか。お前は美しい。男だろうが、美しいものは嫌いじゃない。守ってやりたくなる」

勝手にそんな言葉が口からこぼれ、男は可笑《おか》しそうにクスクス笑った。

「いいね、僕もそういう素直な口説きは嫌いじゃないよ」

「てめえらッ、馬鹿にしてんじゃねえぞ！」

「目の前でいきなりいちゃついてんじゃねえ。こうなったら、二人まとめて簀巻《すまき》きにしてやろうか。いや、そこの優男、てめえは川に浮かべて、そっちの女は、死ぬまで可愛《かわい》がってやるぜ」

いきり立ったやくざ者たちは、両側からジリジリと間合いを詰めてくる。どうやらまだ、この美しい青年を女性だと勘違いしたままでいるらしい。

「さてと。じゃあ、ひとりずつ、とっとと片づけよう。あんたは右でいい？」

「……かまわないが、大丈夫なのか？」

「ま、見てなよ」

そう言うなり、青年は俺の腕から抜け出し、ヒラリと回転した。マントが翻り、いつの間にか、彼の手には小さな手鎌《てがま》が握られている。

「仕事でもないのに血を浴びるのは嫌だからね。命だけは助けてあげるよ。ただし、後悔の時間はたっぷりくれてやる。僕に因縁をつけるなんて、馬鹿すぎる……」

皮肉な口調でそう言いながら、青年は華麗なダンスのように軽やかなステップを踏み、ナイフをかざす男に近づいた。

シュッ……！

手鎌が風を切ったと思うと、やくざ者の手から、冗談のようにあっさりとナイフが吹っ飛ぶ。次の瞬間、青年の手鎌の柄《つか》が、彼より一回り大柄なやくざ者の喉元に食い込んでいた。

「……っ……！」

屈強な大男が、胃液を吐き、声もなく地面に這いつくばる。男のみぞおちを力いっぱい蹴《け》り上げて、青年は艶《つや》やかに笑った。

「ふふ。その汚いがなり声が二度と出ないように、喉をつぶしておいたよ。……その程度で済んでよかったと思いな」

「こ……こ、こ、この野郎どもッ！」

ただひとり残された男も、感心なことに逃走せず、大振りの鉈《なた》を手にこちらへ向かって突進してくる。

俺はとっさに、上体を低くした。俺とて、迂闊《うかつ》に殺人犯になるのは嫌なので、やくざ者のヒゲに覆われた顎《あご》に思いきり拳《こぶし》を打ちつける。

がちんと嫌な音を立てて歯が鳴り、男がよろめく。今度はもう一発、頭が思いきり振れるように横っ面を張り飛ばしてやると、男は見事にどうと倒れた。上手く脳しんとうを起こしてくれたらしい。

「……お見事。鮮やかだったね」

美しい青年は、鬱陶《うっとう》しそうにフードをはねのけ、きらめく金髪を露《あら》わにして俺に笑いかけた。

「お前こそ。どうやら、よけいな手出しだったようだな」

軽い嫌味と自嘲をこめてそう言ったのだが、青年はそれを軽く受け流した。

「そうでもないさ。三人相手にするのはちょっと面倒だったし、服が汚れるのも嫌だしね。

……ホントだよ。助かった」

「……お役に立てたなら幸いだ。それにしても、お前……」

俺は、つくづくと青年の姿を観察した。きらびやかな衣装、男にしておくのはもったいなさすぎる美貌、そしてこの腕っ節。そんな人物がこのオールドタウンにいるとしたら、あてはまる人種は一つしかない。

「高級男娼か？　風の噂に、要人の相手をするような高級男娼には、ボディガードや暗殺者を兼ねる者もいると聞いたことがある」

「ご明察。詳しいね、あんた」

青年は、悪びれずあっさりそれを認めた。俺は、路地から上着を持ってきて、袖《そで》を通す。濡れた服は不快だったが、着ていないと凍えそうだったのだ。

「いったい、こんなところで何を？」

「今日は娼館が休みなんだ。だから、ちょっと得物を手入れしてもらいにね。……研ぎたてのピカピカってわけ、これ」

手鎌をクルリと手の中で回し、青年はそれを太腿《ふともも》のホルダーに戻しながら言った。

「僕はキアラン。あんたは？」

「……ジャスティン・フライトという」

青年……キアランは、小首を傾げて俺の名を呟き……そして、小さく吹き出した。

「ジャスティン……フライト？　どっかで聞いたことが……あっ、わかった。アストン卿《きょう》の奥方様と恋仲になって叩き出された執事だろ！　お客から噂を聞いたよ」

俺は苦々しい思いで、横を向いて吐き捨てた。

「そっちこそ、ご明察だ。お前の目の前にいるのが、その執事のなれの果てさ」

今度は、キアランが俺を観察する番だった。顔を背けていても、遠慮のない視線を感じる。

「なるほどね。……どうなったかは察しがつくよ。ってか、アストン卿が大恥掻《か》いても追い出したかったのも納得。色男だね、あんた。ちょっとそそられる」

「今は薄汚いドブネズミみたいな有様だがな」

「……お風呂《ふろ》に入れれば、テンに戻るかもよ。今のまんまでも、ワイルドで悪くないけどね。……ねえ、あんた。ジャスティンだっけ」

「……ああ」

いきなりファーストネームで呼ばれても、悪い気はしなかった。むしろ、その親しげな声音が心地よい。思えばそのとき……いや、その数分前、俺は人生初の一目惚《ひとめぼ》れという状態に陥っていたのだ。

そんな俺に自分のほうから身を寄せ、キアランはいろいろな角度から俺の顔を検分して言った。

「行くとこないんだろ？　僕んとこにおいでよ」

「そうしたいのはやまやまだが、このとおり、手元不如意だ。高級男娼どころか、モグリの男娼さえ買えない」

俺は外套《がいとう》のポケットを裏返し、それが空っぽであることを見せつけた。だがキアランは、屈託なく笑って片手を振った。

「ばーか。僕と遊んでって言ってるんじゃないよ。客引きするほど困っちゃいないんだ。あんた、けっこういい腕してたからね。娼館の用心棒にならないかい？」

思いも寄らない誘いに、俺は眉《まゆ》をひそめる。

「用心棒？」

「うちの用心棒が昨夜《ゆうべ》、いかれたお客様に刺し殺されちまってね。代わりを探すのが大変だって、マダムが難儀してたからちょうどいい」

物騒な台詞《せりふ》をさらりと吐いて、キアランは口角を上げた。きつい毒を含んだ笑みは、やはり凄《すさ》まじく美しい。

用心棒を仰せつかったのはいささか予想外だったが、仕事にありつけそうなのはありがたい。しかも、彼の近くにいられるとはさらに好都合だ。

俺はこの幸運に賭《か》けてみることにして、もう一歩踏み出した。

「……なんだ、ごろつきが相手か」

「ご不満かい？」

「お前が相手をしてくれるのかと思った」

「……おや。あんたは僕をご所望？」

キアランは敢《あ》えてそう問いかけてくる。

「どうやら俺は、お前に一目惚れしたらしい。金はないが、お相手いただければありがたいね」

俺の言葉に、キアランはころころと笑った。

「あはは。名うての遊び人だって噂のわりに、さっきから口説きはえらくストレートだね」

「人生初の一目惚れだからな。ダラダラして、運命の恋を逃す気はないんだ」

「はッ。何度目の人生初なんだか」

「……俺は嘘はつかんよ。最初と言えば最初だ」

「ふふ、可愛いこと言ってくれるじゃない」

キアランは不思議にくすぐったそうな顔で笑うと、俺の肩に手をかけ、顔を覗き込んできた。

「気に入った。じゃあ、ご褒美に、仕事をもう一つ上乗せしてあげるよ。僕のお世話係」

「お前の？　世話係？」

「うん。執事だったんなら、身の回りの世話はお手のものだろ。僕専用のお世話係になりなよ。そうしたら、僕の部屋で暮らせる」

「それは悪くないな」

「だろ？　ちょうど、そういう人間がいたらいいなと思ってたところなんだ」

「……で？　俺は、どこまでお前のお世話をすることを期待されて……あるいは、許されているのかな。どうせなら、ベッドの中までとことん世話してやりたいところなんだが」

俺は、キアランの細い腰に手を回し、ぐいと抱き寄せた……つもりだった。だがキアランは、俺の唇の端に触れるだけのキスをすると、柳が風を受け流すようにスルリと逃げてしまう。

「それは、試験……もとい味見をしてから。でもその前に、あんたを風呂に放り込んで、どのくらいの色男に化けるかをたしかめなきゃね」


その夜から、キアランの世話係兼娼館の用心棒としての、新しい生活が始まった。

キアランの部屋で寝起きする俺は、自然と彼のペースに合わせて生活することになる。のべつまくなしに営業する娼館もあるにはあるが、キアランが暮らす公営娼館は、週に五日、午後六時に門を開け、午前六時に門を閉じる決まりだ。

夕方になると、俺はキアランの服を脱がせ、その肌にごく薄く香油を塗る。そうすることによって、白く滑らかな肌は手のひらに吸いつくようになり、全身からかぐわしい匂いが立ち上る。

それから俺は彼に絹の薄物とガウンを着せ、しなやかな両手に丹念にマッサージを施し、爪《つめ》の手入れをし、長い金髪を美しく結い上げ、アクセサリーをつけてやる。

夜な夜な訪れる彼の上客たちのために、俺はたっぷり時間をかけて、キアランの身体を磨き上げた。

あるとき、爪を磨いてやっていると、キアランがからかうような調子でこう言ったことがあった。

「あんた、妬《や》けない?」

「妬ける?」

俺は、爪から視線を上げずに短く問い返す。キアランは、自由なほうの手で、俺の頬をするりと撫《な》でた。それだけの動作で、さっき塗り込めた香油の芳香が、心地よく鼻をくすぐる。

「だってあんたは、僕に一目惚れしてここにいるんだろ? こんなに手間をかけて綺麗《きれい》にした僕が、これからお客に抱かれるなんて思ったら、胸がモヤモヤしたりしないわけ?」

「べつに」

「なんで」

「これは、客のためでもあり、俺のためでもあるからな」

「……あんたの?」

「ああ。俺の手でこの上なく美しくなったお前が、客の賞賛を浴びる。そう思うと、嬉しいを通り越して、むしろ誇らしいよ」

俺が本心からそう言っていると悟ったキアランは、面白そうな顔で俺を見て、ボソリとこう言った。

「……あんた、変な奴だよね」

「そうか？」

「そうだよ。僕なら、自分の惚れた男が他《ほか》の男に……それも毎日違う男に抱かれるなんて思ったら、嫉妬に狂っちゃうけど」

「狂ってほしいのか？」

　俺は手を止め、挑戦的な口調でそう言ってみた。ついでに、キアランの頬に乱れかかる黄金の髪を、そっと撫でつけてやる。娼館にはこってりと化粧する男娼たちが多いが、キアランは素顔のままがいちばん美しい。

　答えを促すようにバラ色の頬を親指の腹で撫でると、キアランはふふっと笑って俺の耳元に唇を寄せた。

「そうだね。もっともっと、僕に狂っちゃいなよ。……あんた面白いから、当分手放したくないし」

　可愛い憎まれ口が、耳をくすぐる。

「では、もっと狂わせてくれ」

　俺はキアランの色香に誘われ、そのほっそりした体を抱き寄せようとした。だが、ほんの少し身を捩《よじ》っただけで、キアランは俺の腕から逃れ、ふわりとガウンを翻して立ち上がる。

　まったく、いつもながら見事な男あしらいだ。これなら、がっつく客でも、かわされて腹を立てることもなく、ただ感心してしまうことだろう。

絶妙のタイミングで、客の到来を告げるベルの音が響いた。

「さ、今は、せっかくあんたが綺麗にしてくれたこの身体を、お客様に見せつけてくるよ。

……夜が明けたら、ゆっくり……ね」

甘い囁きと小さなキスを残して、キアランは軽やかな足取りで部屋を出て行く。

「……かなわないな」

俺も、用心棒の持ち場に着かなくてはならない。立ち上がった俺は、しかしふと、椅子《いす》の背に引っかけて置かれたキアランの寝間着を手にした。

キアランをこの腕に抱けるのは、日が昇ってからだ。今は他の誰かのものになっている彼のことが不思議に恋しく思われ、俺は柔らかな寝間着に顔を押しつけ、微かな残り香を胸いっぱいに吸い込んだ……。

＊　　＊

旦那様と出会ったのは、キアランの部屋で暮らし始めて一年あまり経《た》った頃だった。

ある朝、いつものようにベッドに入り、眠る前のひとときにと新聞を広げた俺は、何気なく求人欄に目を留めた。

『執事一名急募。年齢不問。経験重視。清潔、勤勉、博識な人物求む。給料・休日応相談』

景気のいいマーキスの街では、求人には事欠かない。

たくさんの求人広告の中で、ひときわ簡潔で無愛想なこの一文が、奇妙なほど気になった。

（執事……か）

懐かしい……そして、人生の大半、憧《あこが》れ続けた肩書きだ。

ようやく摑んだその地位を火遊びで失ったことを、反省はしても後悔はしていない。そんなことでもなければ、高貴な身分の女性に触れるチャンスなど一生なかっただろうし、屋敷を追われたからこそ、キアランに出会えた。

男娼のヒモ、娼館の用心棒など、世間的には堕落しきった暮らしと言われても仕方がない。だが俺は、そんな暮らしにこれといって不満を持ったことはなかった。

昼夜逆転してはいるものの、すこぶる規則的な生活ではあるし、部屋の住み心地も申し分ない。食べるものには不自由せず、たまにはキアランの上客の手土産《てみやげ》の豪華な菓子や酒にありつくこともできた。

毎朝、客を送り出したあとのキアランと食事を摂《と》り、他愛のない話をして、互いに気が乗れば一戦交えてから、同じ寝床で眠りにつくのも心地よかった。

あるいは、執事の生活よりも、ヒモの生活のほうが自分には合っているのではないかと思ったことすらある。というより、他人にかしずくという意味では、執事もヒモもさほど仕事内容に変わりはないのだ。

キアランは男娼の生活を楽しんでいる様子だったし、俺も、最初はそんな彼の傍《そば》で暮らし、彼の世話を焼き、彼がただで寝てくれる唯一の男であることに満足していた。

だが。

悲しいかな、遊び人を気取っていた俺も、狭量でつまらない男に過ぎなかったらしい。

認めたくはないが、独占欲という厄介な代物が、時折胸を刺すのだ。

彼を、自分だけのものにしたい。そんな想《おも》いが心の中で日々大きく育っていくのを、俺はどうすることもできなかった。

しかし、そんな気持ちを彼に伝える前に……それをキアランが受け入れようと拒もうと、俺にはまず、必要なものがあった。

金だ。それも、半端ではない大金が。

男娼であるということは、かつて自分の身体を担保に娼館から金を借りたということだ。

キアランは天涯孤独だと言い張るが、おそらく親に売られたのだろう。よくある話だ。

首尾よく娼館の主に気に入られ、キアランのように高級男娼としての教育を受けることができれば、かごの鳥とはいえ、貧しさとは無縁のきらびやかな生活を送ることができる。あるいは、そこまでいかなくても、誰かに気に入られ、身請けされれば、囲われ者ではあっても、ある程度の自由を手に入れられる。

単なる口減らしのためだけでなく、子供の幸せを願えばこそ、我が子を娼館に送り出す親たちも多いのだと聞いた。

……そう。男娼を我が者にしようと思えば、彼が娼館に負債のすべてを返し終わるのを待つか、あるいは、自分がその金額を支払い、身請けするしか道はない。キアランほどの高級男娼ともなれば、身請けの金もとんでもない額だろう。

少しばかりの貯金はできたとはいえ、娼館の用心棒では、何十年かかってもそんな大金は手に入らない。

「……どうしたものかな」

無意識に、そんな独り言が漏れた。

いつまでも眠ろうとしない俺を、傍らのキアランは羽根枕《まくら》に頭を埋《うず》め、不思議そうに見た。

「どうしたのさ、新聞なんか読みふけっちゃって。何か面白い記事でも載ってんの？」

「……いや。べつに」

俺は新聞を畳んでベッドサイドに置き、互いの体温で暖かなベッドに身体を横たえた。いつものように、キアランのうなじの下に腕を差し入れ、しなやかな体を引き寄せる。

猫のように俺に寄り添ったキアランは、細い指先で俺の頬をつつっと撫でた。エメラルド色の瞳が、悪戯《いたずら》っぽく光っている。

「何さ、やけに真面目《まじめ》な顔だよ？　……ね、さっき見てたの、求人欄だろ。さては僕に飽きて、他の仕事を探そうと思ってんじゃないの？」

探るように問われて、心臓が跳ねた。いくら人の心の機微を読むのが仕事のうちとはいえ、鋭すぎる。驚いた俺は、感情を顔に出してしまっていたのだろう。キアランは、美しい眉をひそめ、小さく舌打ちした。

「ちぇっ、何さ、図星？　それならそうと、早く言いなよ。僕は、いやいやつきあわれるほど落ちぶれちゃいないんだからさ」

そう言って起き上がろうとする彼を、俺は慌てて抱きしめ、制止した。

「待て。勘違いするんじゃない」

「……なんだよ？　僕から逃げたいんじゃ……」

「違う。……そうじゃない。どちらかといえば、お前を連れて逃げたいんだ」

「……は？　なんだって？」

「いや、今はなんでもない。……ただ、お前から離れる気など毛頭ない。そのことだけは、この身体で証明できる」

そう言うなり、俺はキアランに覆《かぶ》い被さった。

「ちょ……何、今日はちょっと変だよ、あんた。……ん、んんっ……ま、いい、けどっ」

訝《いぶか》りながらも、キアランは俺が仕掛けた荒々しいキスに応《こた》える。俺に珍しく乱暴に扱われることを、面白がっているらしい。

髪をかき乱すキアランの指先を心地よく感じつつ、俺は、蛇のように絡みついてくる白く滑らかな太腿に、手のひらを這わせた……。


翌朝、俺は久しぶりに一張羅の上下に袖を通した。

眠りについたキアランの額にキスを落とし、営業を終えて静まり返った娼館を抜け出す。

こんな早い時間に、あらたまった服装で街を歩くのは久しぶりだった。

ニュータウンに向かう、長い橋を渡るのも。

朝の光を浴びると、すっかり夜の人間になっていたはずの身体に、奇妙な爽快感《そうかいかん》が溢れてくるのがわかる。用心棒の仕事はしっかりこなしたあとなので、当然ながら徹夜明けなのだが、眠気など少しも感じない。

どこか、気分が高揚していたのだろうか。糊《のり》の利いたシャツの堅苦しささえ、その朝は懐かしく、心地よかった。

目指す屋敷は、高台の一等地にあった。大邸宅ではないが、瀟洒《しょうしゃ》な、落ち着いた感じの建物だ。

求人条件が極めて大雑把だったので、これならばと思った人間が俺の他にもたくさんいたのだろう。すでに、応募者たちが門の外まで長い列を作っている。俺が並び始めてからも、後から後から人がやってきて、列は伸びていった。

やがて時間が来ると、屋敷の玄関の扉が開いた。遠くからなのでよくは見えないが、どうやらメイドが候補者たちを数人ずつ、順番に邸内に招き入れているようだ。

おとなしく、待つしかあるまい。手持ちぶさたに周囲の景色を眺めながら突っ立っていると、ひそひそ声が耳に入った。

『あいつ……じゃないか……？』

『ああ。あの、アストン卿の夫人と懇ろになってクビになったとかいう……』

『まだこの街にいたのかよ。よく顔を出せたもんだよな』

『恥知らずな男だぜ。あんなことをしておいて、まだ執事の職にありつけると思ってんのかね』

考えるまでもなく、「あいつ」というのは俺のことだ。

声のするほうを見ると、少し前で待っている数人の男たちが、わざとらしく目を逸《そ》らしたり、嘲笑を浮かべてこちらを見たりする。

元同業者のそうした反応は、はなから予想していたことだ。それに、彼らが言うことは、いちいちもっともなことでもある。反論の余地はないし、するつもりもない。

俺はそうした挑発や嘲《あざけ》りを無視して、煙草《たばこ》を一本巻き、火をつけた。

しばらく声高に俺の悪口を言っていた男たちも、俺が相手にしないので拍子抜けして飽きてしまったのだろう。そのうち他の話題に興じ始めた。

今度の話題は、この屋敷の主についてだ。

どうせ駄目でもともとの応募なので、俺は下準備など何もせずに来てしまったが、皆はそうではないのだろう。労せず情報を得られるなら、ありがたいことだ。俺は煙草を吹かしながら、さりげなく耳をそばだてた。

この家の主の名は、ウィルフレッド・ウォッシュボーン。まだ年若いが腕のいい外科医で、北の国からつい先月、マーキスに移り住んだばかりらしい。

なるほど、それならば俺が何も知らないのも頷《うなず》ける。俺が屋敷勤めをしていた頃は、この屋敷は確か空き家だったはずだ。

きっと、野心に燃える若い医者が、この国際都市マーキスで名を上げるべく、意気揚々とやってきたのだろう。尊大で人使いの荒い若造を想像して、俺は早くもげんなりしてきた。

待ちくたびれてきたこともあり、このままもう面接などやめて帰ってしまおうかという思いが頭をもたげはしたものの、いや、ここはどうしても職に就く必要があるのだ……と考え直す。

一時間以上待ち、足の裏が軽く痺《しび》れてきた頃、ようやく俺は屋敷の中に招き入れられた。

痩《や》せて顔色が悪いが、気立てはよさそうなメイドに案内されたのは、屋敷の二階だった。

廊下にずらりと椅子が並べられ、候補者たちはそこに座ってまたしても順番を待つ仕組みだ。部屋から面接を終えた候補者が出てきて、中から呼び鈴の音が聞こえたら、次の候補者が入室する……といった塩梅《あんばい》で、少しずつ前へ前へと詰めてゆく。

座れるのはありがたいが、外と違って、ここでは煙草すら吸えない。手持ちぶさたで閉口しつつ、俺はただ黙然と待ち続けた。

さらに数十分待って、ようやく俺の番が来た。澄んだベルの音が、扉越しに聞こえる。

俺は素早く服装を整え、ノックしてから部屋に入った。

書斎らしきその部屋は、屋敷の規模に違《たが》わず小さく、しかし重厚な調度品に彩られていた。大きなオークの本棚に収納された本はまだわずかだ。整理途中なのだろう、床やテーブルの上にも、分厚い本が山積みになっていた。ずいぶんと勉強家であるらしい。

「失礼致します」

俺は執事時代に身につけた完璧《かんぺき》な礼をして、ゆっくりと頭を上げた。

どっしりした書き物机に向かって椅子にかけているこの屋敷の主の顔を、控えめに見遣《みや》る。

なるほど、一目で異国人とわかる人物が、そこにいた。

上半身しか見えなくても、長身で骨太な体格であることが知れる。その恵まれた身体を、見ているほうが息苦しくなるほどカッチリした仕立ての服で包み、銀色の髪は短く整えられている。

北の国から来たというだけあって、肌は青白く、瞳は暗いブルーだ。まだ二十代に見えるが、そのわりに風格があり、やけに厳しい顔つきをしている。理知的とか禁欲的とかいう言葉が、これほど似合う顔立ちもそうそうあるまい。

(北の国の人間というのは、寒いせいでこうも難しい顔になるんだろうか……)

そんなことを考えつつ、俺は、恭しく履歴書を机の上に置いた。

「俺が、この家の主、ウィルフレッド・ウォッシュボーンだ。ご足労、感謝する。そこにかけてくれ」

外見を裏切らない堂々とした声でそう言い、ウォッシュボーン氏……いや、もう旦那様とお呼びしようか……は、机を挟んで彼と真っすぐ向かい合うよう置かれた椅子を指さした。

「ありがとうございます」

刺すような視線を感じつつ、俺は椅子に腰を下ろした。

「……ジャスティン・フライト君、でいいのかな?」

「はい」

俺が頷くと、旦那様はしばらく俺の全身をしげしげと眺めたあと、履歴書に視線を落とした。

パチパチと暖炉の薪《まき》が爆《は》ぜる以外、なんの音もしない。

背中をピンと伸ばして履歴書を読む姿からは、旦那様の真面目な性格が窺《うかが》える。

旦那様は、履歴書を読みながら、低くてよく通る声で面接を開始した。

「この履歴書によれば、君は長年、使用人としての経験を重ねてきたようだな」

流ちょうなアングレ語だったが、子音によっては、やけに固い響きを帯びるときがある。おそらくそれが、北の国の訛《なま》りなのだろう。歯切れのいい語調だった。

「はい、おっしゃるとおりです」

「俺はマーキスに来て日が浅いが、それでも聞き知った名士の名が、君の職歴には並んでいる。なかなか有能だったようだな」

「恐れ入ります」

俺はよけいなことは言わず、必要最低限の答えを返した。問われない限り、自分の後ろ暗い過去をペラペラ喋《しゃべ》る気はない。

落ち着いて見えてもまだ若造だ。騙《だま》せるかもしれない。雇い入れられれば、こちらのものだ。クビを言い渡されても、違約金をせしめることができるだろう。そんないじましい思惑もあった。

だが、旦那様は軽く眉をひそめ、履歴書から顔を上げた。切れ長の目が、真っすぐ俺を射抜く。その瞬間、俺は自分の愚かさを悟った。

お屋敷勤めが長かったおかげで、目を見れば、相手のおつむの程度はだいたいわかる。旦那様の瞳は恐ろしく怜悧《れいり》で、こんな目の持ち主を欺くことなど、俺ごときにはとてもできそうになかった。

「だが二年前、執事の職を辞して以来、屋敷勤めはしていないようだな」

「はい」

俺は畏《かしこ》まって頷く。平静を装ってはいたが、決して目を逸らさない旦那様に、冷や汗を掻く思いだった。

「その屋敷からの推薦状は？　履歴書に添えられていないようだが」

「ありません」

「ない？」

旦那様は不思議そうに眉間《みけん》に縦じわを刻む。

「……ふむ」

旦那様は俺の顔をチラと見てから、また履歴書に視線を戻した。

「前の雇い主からの推薦状がないというのは、再び執事の職に就く予定がなかったからか、それとも推薦状を得られなかったか、どちらなのだろうか」

「両方です」

「両方……と言うと？」

旦那様は訝しげな顔で、再び俺を見る。

欺くのが無理なら、いっそ開き直ってしまおう。俺は背筋を伸ばして、旦那様の暗青色の瞳を真っすぐ見返した。

「正直に申し上げます。わたしは二年前、当時の雇い主の奥方と不適切な関係になり、執事の職を失いました」

我ながら不遜《ふそん》……というか、妙に挑戦的な切り口上で俺は言った。旦那様は、新しい言葉を教わった子供のような顔つきで、俺の発した言葉を繰り返す。

「不適切な関係」

「はい。極めて不適切な関係でした。有り体に申し上げれば、愛人関係です」

「……ふむ」

そう呟いたきり、旦那様は沈黙した。眉をほんの少し上げただけで、表情もほとんど動かない。その反応の薄さに少々戸惑いつつも、いったん始めた話を中断するわけにもいかず、俺は喋り続けた。

「マーキスの社交界なら、誰でも知っていることです。この街で、わたしを雇おうとするお屋敷はないでしょう。自分でも、二度と執事の職を得ることはないだろうと思っておりました」

「では、この二年間、何を?」

「男娼のヒモを。あとは、娼館の用心棒をして口を糊《のり》しておりました」

「……なるほど。ではなぜ今、君はここにいる?」

旦那様の顔つきは相変わらず厳格だったが、その鋭い目に、どこか面白がるような光がよぎったのは、俺の気のせいだっただろうか。

ここまで来たら隠し事をしても仕方がない。俺は正直に白状した。

「やはり自分は執事の仕事が好きですし、それなりの額の金を稼ぎたくもなりました。あなたが遠国から来られた方だと知り、黙っていれば、わたしの過去をご存じないまま雇い入れてくださる可能性もある……そう思いました」

「俺を騙そうとしたわけか」

「おっしゃるとおりです」

「それなのに、みずから告白したのはなぜだ?」

「我ながら詰めが甘いとは思いますが、だまし討ちはやはり性に合いません。それに、あなたはそんなごまかしが通用する相手ではないと思いました」

俺は肩を竦めた。

「それはまたどうしてだ。俺とは、ついさっき会ったばかりなのに」

「失礼な言いぐさをお許しください。ですが、お顔を……特に目を拝見すれば、その方の知性は窺い知ることができます」

「なるほど。君は、自分の眼力に自信がある。そして君の眼力は、俺は馬鹿ではないと、そう鑑定したわけだな」

「恐れながら、たいへん聡明なお方とお見受けいたしました」

「恐れる必要はない。誰でも、褒められれば悪い気はしないものだ」

旦那様は腹を立てる様子もなく、素っ気ない口調でそう言い、先を促すように俺を見た。

俺はもう、毒を食らわば皿までの心境で、駄目押しの一言を放った。

「わたしを雇い入れれば、わたしの悪名も共に引き受けることになる。そうハッキリお伝えしておきます」

「……なるほど。正直に話してくれてよかった」

旦那様はそう言って、履歴書を机の上に放り投げた。

終わりだ。

せっかくの機会だったのに、自分でチャンスをふいにしたようなものだ。

だが、やはり過去を消すことはできない。

それに、真実を偽ったところで、いつかは露見する。これで、執事の職にも諦《あきら》めがついた。

金を作る方法は、また落ち着いて考え直そう。

そう思った俺は、退室しようと椅子から腰を浮かせた。

ところが。

「で、いつから仕事を始められる？」

耳に飛び込んできたのは、そんな言葉だった。

「……は？」

中腰のまま、我が耳を疑う俺に、旦那様は眉一つ動かさないまま、淡々と言葉を重ねた。

「いつから我が家の執事としての仕事を開始できるのかと訊《たず》ねているのだが。早ければ早いほうがいい」

「お、お待ちください。今のわたしの話をお聞きになっておられましたか？　わたしは……その、この街ではご立派な方に雇っていただけるような者では」

慌てる俺に、旦那様は微妙に目を細めた。もしかすると、笑っておられたのかもしれない。

「聞いたからこそ、採用を決めた」

「……はい……？」

「原因がなければ、結果は生じない。そうだろう？」

「……はあ」

「俺には、君と浮気をするような妻はいないし、君に手を出されることを心配するような娘もいない。つまり、君が犯した過ちを、ここでもう一度繰り返される恐れはない」

「……それは……そう、ですが」

「だとすれば、君はこの屋敷においては、有能な執事として立ち振る舞うしかないだろう」

「た……確かに。ですが、わたしをお雇いになっては、他の貴族の方々は、あなたをお笑いになりかねません」

俺の言葉に、旦那様は今度こそハッキリと苦笑いなさった。

「笑いたい奴には笑わせておけばいい。過去は問わん。俺が必要としているのは、有能な執事だ。これからの君がそうあってくれるというなら、問題は何もない。人の評価など、時とともに変わるものだろう」

まるでご自分に言い聞かせるような調子で、旦那様はそう言った。旦那様もまた、過去とともに故郷を捨ててマーキスに来たのだと、そう知ったのはずいぶんあとになってからだ。

だが、そのときの俺は、旦那様のあまりのさばけたものの考え方に、呆気《あっけ》にとられて絶句していた。そんな俺に、旦那様は少し困った顔をした。

「あるいは、こんな色気のない職場は嫌だというなら、残念だが諦めざるを得ないな」

「い、いいえ、そんなことは！」

俺は我知らず直立不動になり、自分でも驚くほど強い口調で言った。

「働かせてください。是非。今日からでも！」

「よろしい。では、とりあえず詳しい勤務条件を決めることと……」

「いいえ。条件その他はお任せします。その代わりといってはなんですが、一つだけお願いがあります」

「なんだ？」

旦那様は契約書を作成しようとペンを取り上げたままの姿で動きを止めた。

こんなに急に切り出すつもりではなかったが、ものはついでだ。俺は思いきって言ってみた。

「お金を、貸していただきたいのです。返済は、月々のお給金から天引きということで」

我ながら厚かましすぎるその願いに、さすがの旦那様もとっさに言葉が出てこない様子だった。

だが、よほど冷静なお人なのだろう。すぐに気を取り直した様子で、ペンを手の中で弄《もてあそ》びつつ、俺の顔をじっと見た。それは、相手の腹の底まで見透かすような、鋭い視線だった。

「それは金額次第だな。いくら必要なんだ？」

非常識な金額なのは承知の上だ。だが俺は、できるだけさりげなく金額を告げた。

「それはまた……大層な額だな」

「はい」

呆れ顔になった旦那様は、それでも怒り出す気配は見せず、こう問いかけてきた。

「用途を訊《き》いてもかまわないだろうか」

俺は頷き、旦那様の机の前に立った。

「俺の恩人であり、恋人でもある人の、自由を勝ち取るための金です」

あまり感情を顔に出さないらしき旦那様は、そこで初めて好奇心を露わに「ほう」と言った。

「それは、その人の借金を返す、というような意味合いだと理解すればいいのだろうか」

「はい、そのようにお考えいただければ」

「ふむ、なるほど」

小さく頷いて、旦那様は机の引き出しを開けた。小切手帳を取り出すと、さらさらと金額を書きつけ、サインをして俺に差し出す。

「……は？」

またしても唖然《あぜん》とする俺に、旦那様は平然と、凄まじい……それを要求したのは俺なのだが……額の小切手を突きつけた。

「そういうことなら、一日も早いほうがいいだろう。まだ銀行は開いている。これを持って行くといい」

「……ウォッシュボーン様……いえ、旦那様」

俺はさすがに呆れて、旦那様の涼しい顔を見た。

「なんだ」

「執事として僭越《せんえつ》ながら申し上げます。旦那様のお国がどのようなところであったかは存じませんが、このマーキスは基本的に荒っぽい街です。善人ばかりが住む場所ではありません」

「……それが？」

「見ず知らずの他人に、いきなりこのような大金を貸し与えたりなさっては」

「見ず知らずの他人ではない。今日から働くと言った以上、君はもう当家の執事だろうが」

「それはそうですが、旦那様はわたしの人間性を把握しておられないでしょう。もしわたしが、この小切手を持って逃げたら、どうなさるおつもりですか」

「諦める」

「はあ⁉」

目を剝く俺に、旦那様は常識を語る口ぶりであっさりと言った。

「そのときは、俺に人を見る目がなかったと反省するだけだ。いささか高いが、授業料だと思えば諦めもつく」

「…………」

「で、この小切手が要るのか要らないのか、どっちだ」

「も、もちろん拝領いたします！」

俺は慌てて小切手を受け取った。旦那様は満足げに頷くと、もう一枚小切手を切り、俺の手の中にある小切手の上に重ねた。

「これは支度金だ。必要なものを買い揃《そろ》えるといい。ああ、制服は、近日中にこちらで仕立てさせよう。契約書は、明日の朝までに用意しておく。勤務条件は、それで確認してくれ。……俺からは以上だが、何か質問は？」

「ありません……その、旦那様」

俺は、これまた十分すぎる金額が書き込まれた二枚目の小切手から、旦那様の顔に視線を移した。

「まだ何か言うことがあるのか？」

旦那様は、不思議そうに首を傾げた。

若いのに老成した雰囲気を持つ彼は、しかし驚くほど純粋な人柄も併せ持っているらしい。こんな人物の前では、いくらふてぶてしい俺でも、自分の浅ましさに恥じ入るばかりだ。

というより。

まさにそのとき、俺の胸には、とある決意が芽生えたのだ。

こんなに清廉でお人好しな人は、このマーキスではあっという間に悪意ある輩《やから》どもにつけこまれ、身ぐるみを剝《は》がれてしまうだろう。直接的であれ間接的であれ、人を陥れることを躊躇うような人間には、このマーキスは生きにくいところだ。

出会ったその日に受けた大恩は、この人を影ながらお守りすることでお返ししよう。手を汚す必要が生じたときには、決してそれを望まないであろうこの人のために、俺がその役目を引き受けよう……と。

「いえ。……その、過分のご配慮、心より感謝いたします。不肖ジャスティン・フライト、精いっぱいお仕えいたします」

固い決心と感謝の念を胸にそう言った俺に、旦那様は素っ気ないほどあっさりと頷き、こう言った。

「では、早速初仕事を頼む。廊下に出て、他の候補者たちを帰してくれないか。もう執事は決まったからと」

机の上に積み上げられた応募者たちの履歴書をくずかごに放り込む旦那様に一礼し、俺ははやる心を抑え、静かに退室した……。


「キアラン、キアラン、起きてくれ！」

旦那様のお屋敷から、俺は銀行に立ち寄り、その足で娼館まで文字通り飛んで帰った。

まだぐっすり眠っていたキアランの肩を揺さぶって起こす。

「う……？　な……何さ、ジャスティン。どこ行ってたの？」

すこぶる不機嫌に、しかし俺のただならぬ様子に驚いた様子で、キアランは薄目を開け、胡散《うさん》くさそうに俺を見上げた。

そのまだ焦点が合いきらないエメラルド色の瞳にもハッキリ見えるように、俺は上着の内ポケットから取り出した札束を彼の鼻先に突きつけた。

「これを見ろ！」

「……な……！」

キアランは、珍しく驚きを露わに息を呑《の》んだ。

「ちょ……ど、どうしたの、このお金。まさか、ジャスティン、あんた……」

「馬鹿、盗みなどしていない。……お屋敷の執事の職を得た。新しい雇い主に、金を借りたんだ。……キアラン、よく聞いてくれ」

「執事って……。っていうか、な、何さ」

俺があらたまった口調で言うと、キアランは戸惑い顔で、けれどベッドに身を起こしてくれた。俺はベッドの脇《わき》に跪《ひざまず》くと、彼の手を取り、一世一代のプロポーズをした。

「頼む。この金で、お前を身請けさせてくれ。……俺だけのものになってくれないか」

「…………？」

想像もしないことだったのだろう。キアランは、寝起きでも十分すぎるほど美しい顔で、しばらくキョトンとしていた……が、プッと吹き出し、しかし俺が真顔なのを見て、すぐにその笑いを引っ込めた。

「それさあ、ジャスティン。もしかして、僕にあんたと所帯を持てってこと？」

「ああ。……そのために、カタギの職に就いた。確かに、貴族連中のような贅沢《ぜいたく》はさせてやれないかもしれないが、俺の稼ぎはすべてお前のものだ。……だから……」

「……本気、なんだ？」

「こんなことは冗談では言わん。……確かに以前は、お前が誰と寝ようが、俺にもほんの少しの情けをかけてくれればいい、そう思っていた。だが……今は、他の何を捨てても、お前を独占したい」

キアランは、札束と俺の顔を何度も見比べ、意地悪な笑みを浮かべてこう訊ねてきた。

「もし、僕が断ったら？　諦めて引き下がるかい？　それとも……」

「この金は、雇い主にお返しする。そして、ここを出てカナの港にでも浮かぶさ。生き甲斐《がい》なくして、命を永らえる必要などないからな。心配するな、お前の手は患わせない」

俺は即答した。旦那様には申し訳ないが、半分は本気だった。

キアランは穴のあくほど俺の顔を見て……そして、最初に口説《くど》いたときのように、妙ににかんだ、客には決して見せない笑顔になった。

「たまんないね。……いいよ、あんたなら、独占されてやってもいいような気がする」

「本当か⁉」

心臓が、止まるかと思った。

キアランは、男娼の気ままな暮らしを楽しんでいるように見えた。だからこそ、断られる可能性も十分にあると覚悟していたのだ。

「こんなことは、冗談では言わん……ってね」

俺の真似《まね》をしてそう言い、照れ隠しのように咳払《せきばら》いして、キアランはいつもの居丈高な態度で札束を手に取った。

「でも、この金、今のあんたのほぼ全財産だろ？　確かにこれだけありゃ、僕を身請けすることはできるだろうね。でも、ここを出て、それからどうするつもり？　僕、貧乏暮らしは御免だよ」

そこで初めて、俺は言葉に詰まった。確かに、あとのわずかな貯金で、彼にここと同等の豪奢な住宅を用意することは不可能だ。

「それは……すまない。しばらくは、貧しい住まいで我慢してくれないか。必死で働いて、金を作る。そうしたら、必ずお前が満足できる家を……」

床に片膝をついたまま、必死で説得しようとした俺に、キアランはフッと笑った。そして、ベッドを降りると、裸足《はだし》のままでクローゼットを開け、中から何やらきらびやかな箱を重そうに取り出した。

複雑な仕掛けが施されているらしい。ベッドに腰掛け、しばらく蓋《ふた》の表面に散りばめられた宝石を弄っていたキアランは、そっと箱を開けてみせた。

「！」

俺は目を見張る。

箱の中には、大量の金貨が入っていた。おそらく紙幣に換算すれば、俺が旦那様から借りた額より多くなるだろう。

「な……。ま、まさか、お前……」

キアランは、花のようにニッコリ笑って頷いた。

「うん、そう。僕はね、ジャスティン。もうとっくに、ここから出て行けるだけの金は貯めてるんだ。ただ、他にやりたいこともないし、この暮らしが性に合ってるから、居続けてただけ」

俺は、目の前の眩《まばゆ》い煌《きら》めきに、呆《ほう》けたようになってしまう。

「なんだ……。じゃあ、俺はとんだ道化だったってわけか」

「そうじゃない。そうじゃないよ」

金貨の詰まった箱をベッドの上に置き、キアランは自分も床に座り込んで、俺の頬を両手で挟み込んだ。

「これまで、何人のお偉い方々に、身請けの申し出を受けたかわかりゃしない。でも、僕は全部断ってきた。金で誰かに一生を縛られるなんて御免だと思ったし、誰かひとりのものになるなんて、つまらない、重いって思ってたからね。だけど……」

「俺の申し出は受けてくれた。なぜだ……？」

わからないの、とキアランは少し困ったように眉尻《まゆじり》を下げた。

「僕だって人間さ、いつも傍にいる奴には、愛着が湧《わ》くもの。それにあんたには、商売ものじゃない僕の姿を見せ続けてきたんだしね。……何より……」

エメラルド色の瞳が、恥ずかしそうに揺れた。そんな眼差《まなざ》しを向けられるのは、彼と出会ってから初めてのことだった。

「あんたが持ってきたお金は、金持ち連中がぽいと投げてよこすような陳腐なものじゃない。あんたが、自分を担保に借りてきたお金だろ？　言うなれば、あんたはあんた自身の身体で、僕を身請けするんだよ。そう思うと、ちょっとぐっとくるよね」

「キアラン……」

まだ呆然とする俺に、キアランは優しく囁いた。

「いいさ、この金貨で、二人で暮らす家を買おう。内装は、当然僕好みに、うーんと豪華にするからね。もう、家じゅうきらっきらに！　あっ、そうだ、どうせあんたはお屋敷勤めで留守がちになるんだから、僕は家でサロンでも開こうかな」

「サ……サロン？」

「そ。年の若いメイドや、オールドタウンでもちょっと裕福な家の娘たちを集めて、行儀作法や素敵なファッションを教えるんだ。ああ、それ、ちょっと楽しそうだな。面白くなってきた」

クスクス笑ってそう言うと、キアランは俺の額に自分の額を押し当てた。優しい温《ぬく》もりが、じんわりと染みてくる。

「面白い人生にしようよ、ジャスティン。僕のこと、今以上に幸せにしてくれるんだろ？　僕はたいして何もしないけど。あんたのほうは、僕がいるだけで幸せの極みなんだろうからわざと高飛車にぶつけてくる言葉が、耳に心地よい。

ね」

「そうだ。お前がいてくれるだけでいい。だから、お前が俺を選んだことを後悔させないように、精いっぱい稼いで……」

「うん」

「さらに、男を磨くとしよう」

「……それは重要だね。僕を飽きさせたら、承知しないよ」

精進する、と囁いて、俺はキアランを抱きしめ、今日は逃げない彼の珊瑚色の唇に、人生を賭けた契約のキスをした……。

＊　＊

ハル……。

彼との出会いもまた、ある意味衝撃を伴うものだった。

珍しく、警察から解剖依頼が入っていないある秋の日、わたしは鼻歌混じりに、玄関ホールの大きな花瓶に花を生けていた。

旦那様にとっては、久しぶりの休日だ。

昨夜《ゆうべ》、おやすみになる前に、「寝たいだけ寝るから起こさなくてもいい。きっと、朝食も昼食も無用になるだろう」と告げられたとおり、おそらく旦那様は夕飯時までお目覚めになるまい。

仕事をあらかた済ませたら、所用ついでにキアランの顔を見に行こうか……と仕事の段取りをつけ、機嫌よく働いていると、不意に玄関の呼び鈴が鳴った。

旦那様は社交にはまったく熱心でないので、どうやらこのマーキスにご友人と呼べる方はいないらしい。というより、まともにつきあっておられるのは、市議会議長夫妻と警察関係者くらいのものだ。

それゆえ、いまだかつて、旦那様の個人的なご友人が、この屋敷を訪問してきたことは一度もない。

どうせまた、旦那様が目を通しさえしない、舞踏会の招待状でも持ってきたのだろう。

そう思った俺は、長さを揃える途中の花をワゴンの上に置き、腕まくりをしたままで無造作に玄関の扉を開けた。

しかし。

俺の目に映ったのは、予想していたメッセンジャーボーイではなかった。

いかにも居心地悪そうに突っ立っていたのは、少女と見まがうほどに小柄でやせっぽちな少年だったのだ。

不潔ではないが、まったくサイズが合っていないブカブカのシャツとズボンを身につけ、頭全体を、これまた古びた布ですっぽり覆っている。

その奇妙な出で立《いた》ちもさることながら、布の下にあるその顔も極めて風変わりだった。不細工なわけではない。どちらかといえば、整った容貌だと思う。だが、象牙《ぞうげ》色の肌も、彫りの浅いつるりとした目鼻立ちも、初めて見るものだ。

「な……何か当家にご用でも」

一応、礼儀正しく訊ねた俺に、少年……ハルは、ぶっきらぼうに言った。

「ここ、ウォッシュボーンさんちだろ?」

「……確かに」

「会いたいんだけど」

「は?」

「だから! ウォッシュボーンさんに会いたいんだけど! ハルって伝えてくれれば、わかるはずだから」

噛《か》みつくような調子で少年……ハルは言った。

俺はしばし考えた。この少年が、旦那様と親しい間柄だとは到底思われない。オールドタウンの人間であることは、服装から一目瞭然《りょうぜん》だ。

となると……。

（あるいは、旦那様が下町で手がけられた事件の関係者と見るのが妥当だな）

そう結論づけた俺は、やや高圧的な態度で言い放った。

「旦那様は今、お休みだ。……もし、旦那様が取り扱われた事件に何か異議があるなら、まずは警察へ行きたまえ。旦那様は、お前のような者には直接お会いになどならないよ」

だがハルは、躍起になってこう言い返してきた。

「違う！　そんなんじゃねえ。言われたんだ、訪ねてきていいって」

「……誰に？」

「ウォッシュボーンさんにだよッ、決まってんだろ！　家の場所、教えてもらったんだってば」

「旦那様がお前にそのようなことを？　にわかには信じがたいな」

「ホントだってばッ！　俺が働いてる酒場に来て、喋って、ここに来てもいいって言ったんだ。ネイディーンの噴水の傍のお屋敷だって」

小うるさい犬のようにギャンギャン吠《ほ》えるハルを後目《しりめ》に、俺は思いを巡らせた。

このような騒々しい少年を、旦那様が「友人」としてお招きになる可能性は考えられない。

事件絡みでもないとすれば、残された可能性はただ一つ……男娼だ。

（なるほど。これまで浮いた噂の一つもなかったのは、そういう「ご趣味」だったからか）

旦那様ほどの身分の方なら、キアランとまでは言わなくても、市当局公認のきちんとした高級男娼を囲えるはずだ。どこから見てもモグリの男娼などを呼びつけるなど、俺の理解をはるかに超えてはいたが、そこは個人の嗜好《しこう》だ、口は出すまい。

そう自戒した俺は、小さく咳払いして、言葉遣いを変えた。

「これは大変失礼致しました。では、旦那様にご確認して参りますので、しばしこの場でお待ちいただけますでしょうか」

「あ……、う、うん」

突然慇懃《いんぎん》に接せられて、ハルは目を白黒させて頷く。

ホールの椅子にハルをかけさせてから、俺は旦那様の寝室へと赴いた。

ノックしても返事がないのでそっと中に入ってみると、案の定、旦那様はまだぐっすりお眠りになっていた。

日々の激務を思えば、無理からぬことである。

気の毒に思いつつも、まあ、待っているのがお楽しみであるなら、お目覚めになる値打ちがあるというものだろう。そう考えて、俺はごく控えめに、しかし容赦なく旦那様をお起こしした。

普段から寝起きがすこぶる悪い旦那様は、殺気すら感じさせる渋面と腫《は》れぼったい目で、横たわったまま俺を睨《にら》んだ。

「……今日くらいは寝かせてくれ、フライト。それとも、また事件か?」

睨まれても困るのだが、まあ、まともに喋ってくださっているだけ今日はマシだ。俺はわざとらしい溜め息《たいき》をついて、こう言った。

「ええ、事件です。……旦那様が思っておられるようなものではありませんが」

「……と言うと？」

旦那様は鬱陶しそうな顔で、それでも律儀に問いかけてくる。俺はいつもよりゆっくりした調子で、ハルのことを告げた。

最初のうち、なんのことやらわからないという様子だった旦那様は、何かを思い出したらしく、もうすっかり目が覚めた顔つきをしてこう言った。

「それはまさしく俺の客だ」

ハル自身から旦那様に招待されたと聞かされ、実際そうとしか思えない状況ではあったのだが、本人の口からハッキリ肯定の言葉が飛び出すと、やはり驚きを禁じ得ない。

とはいえ、いくら禁欲的に見える旦那様でも、人の子に違いはない。主人の趣味に口出しなど、執事として決してしてはならないことである。

旦那様が少しでもお楽しみになれるようにと、俺はせめてものアドバイスを口にした。

「では、こちらへお通し致します。……ただ、よけいなことではございますが、先に風呂を使わせたほうがよろしいかと」

それを聞いたときの旦那様の顔を、俺はいまだに鮮やかに思い出すことができる。旦那様は、照れるでも怒るでもなく、ひどく迷惑そうな表情をして俺を見たのだ。

「……フライト、何を勘違いしている」

「は？」

予想外の反応にキョトンとする俺に、旦那様は仕返しのように嘆息してこう言った。

「俺は、昼日中に閨《ねや》の相手を呼ぶほど酔狂ではない。……厨房に案内してやれ」

どうやら旦那様は、ハルとオールドタウンで出会い、料理の勉強がしたいと訴えたハルを、屋敷に呼んでやったらしい。

犬や猫の子を拾うのとはわけが違う。上流階級のお屋敷に、昼間から見るからにみすぼらしい身なりの少年が「客」として入り浸っては、近所で怪しい噂でも立ちかねない。

とはいえ、そんなことを申し上げても聞く耳を持つお方ではないだろう。俺は仕方なく、旦那様の寝室を辞し、自室を経由して玄関ホールに戻った。

「……おっそーい。いつまで待たせんだよ」

椅子に深く腰掛け、両足をブラブラさせて待っていたハルは、俺の姿を見るなり不平を言った。どこまでも可愛げのないガキだ。

俺はその足元に、自分の寝室から持ってきたずだ袋をドスンと置いた。ハルは訝しそうに、俺の顔を見上げる。

「なんだよ、これ」

俺は、ハルの幼い顔を見下ろし、思いきり高圧的に言い渡した。

「衣服です。旦那様のお客人ならば、これからは当家にふさわしい服装で来ていただかないと困ります。……わたしのお下がりで恐縮ですが、これでもまだ、あなたが今お召しになっておられる服よりは格段にマシかと」

「……うっ……。わ、わかったよ。もらっとく」

「サイズ直しは、メイドに頼むといいでしょう。……というか、ハルといったかな」

下町のガキ相手に、いつまでも敬語で喋っているのも面倒だ。ガラリと口調を変えた俺に、ハルはギョッとした顔で、椅子の上で体を硬くした。

「う、うん、そう……だけど」

「最初に訊いておく。お前、男娼だな？　労働で食っていくには、体格が貧弱すぎる。……身よりはあるのか？」

「！　……ああ、俺は男娼で、身よりなんか誰もいねえよ。だったらなんだってんだ！」

ストレートな問いに一瞬怯《ひる》んだものの、よほど気が強いのか、すぐに嚙みついてくる。俺はげんなりして、諭すように言った。

「べつになんでもない。確認しただけだ。お前が何をして日々の糧を得ようと、わたしの知ったことじゃない。ただ……」

「……ただ、何？」

「この屋敷内にいるときは、お前は旦那様の客人だ。それを決して忘れぬように。服装もそうだが、振る舞いもだ。今のように大声でがなり立てたり、暴れたりすることは許されない。……平たく言えば、旦那様の不利益になるようなことをしたり、厄介ごとを持ち込んだりするな、そういうことだ。わかったかね？　お前とて、旦那様にご迷惑をおかけしたいわけではないだろう？　それに厨房に入れるなら、清潔であることが必要だ」

思ったよりも馬鹿ではないらしい。淡々と言い聞かせると、存外素直にこっくり頷いた。

「わかった。気をつける」

「よろしい。旦那様はまだお休みだが、お前を厨房へ案内して、料理人に引き合わせるようにと指示を受けている。メイドに案内させよう。呼んでくるから、もうしばらく待っていたまえ」

俺はそう言って踵《きびす》を返した。だがすぐに呼び止められ、振り返る。

「まだ、何か？」

ハルは椅子から飛び降り、モジモジした様子で訊ねてきた。

「えっと、あらためて、俺、ハル。あの、あんたは？」

「……ああ、失礼。わたしはジャスティン・フライト。この屋敷で執事をしている。何か必要なものがあったら、旦那様に直接申し上げるのではなく、極力わたしを通してくれ。いいね？」

「うん、わかった。……あの、服、ありがとな。大事に着る」

ハルはペコリと頭を下げる。

どうも奇態な風貌ではあるが、思ったより質《たち》の悪い奴ではないらしい。旦那様に人を見る目があったことに安堵《あんど》しつつ、わたしはメイドを探すべく、その場を立ち去った。


その日から、ハルはたびたび屋敷に訪ねてくるようになった。

最初の印象こそ芳しくなかったものの、何度か言葉を交わしてみれば、ハルはなかなかに心根の真っすぐな、真面目な少年だった。

聞けば孤児院育ちで読み書きはできるし、一度言ったことは忘れない。二度目の訪問からはちゃんと裏口から出入りするようになったし、服も、こざっぱりしたものを身につけるようになった。

何より目を見張ったのは、ハルが恐ろしく働き者だということだった。本来の目的である料理だけでなく、頼まれれば、いや頼まれなくても気がつけば、屋敷の雑用をなんでも手伝ってくれる。それも、我々に媚《こ》びているふうではなく、ごく自然に手際よくこなすので、こちらも素直に感謝の意を示したくなるのだ。

人懐っこい彼は、あっという間に使用人たちにもとけ込み、皆、自分たちの仲間のようにハルを可愛がった。

旦那様も、ハルがいるあいだはもちろん、帰ったあとでもしばらくは機嫌がいい。言動が粗野なのはいささか気に入らないところであったが、それを差し引いても、ハルは十分に歓迎すべき客だった。

だが……ある日、旦那様とハルはささいな言葉の行き違いから言い争いになり、ハルはふっつりと屋敷に姿を見せなくなった。

そして、あの事件が起こったのだ。

旦那様が、みずからオールドタウンに赴き、ハルを捜すと言い出したときには驚いた。上級市民が、モグリの男娼に頭を下げるべくスラム街に出向くなど、非常識も甚だしい。執事としては、なんとしてもお止めしなくてはならない事態だった。

しかし、元からご自分の身分を鼻にかけない方だけに、諫《いさ》めてもまったく効果がない。仕方なく、俺も同行することにした。オールドタウンの荒っぽい流儀に慣れておられない旦那様を、ひとりで行かせるわけにはいかなかったのだ。

ハルが身を置いている酒場の主から、彼がやくざ者たちと揉めて拉致《らち》されたと聞いたとき、俺は正直、これまでだと思った。

拉致されてすでに二日近くが経過している。おそらく、生きてはいるまい。

だが、旦那様は決して諦めなかった。ハルが騙されて酒場の主に背負わされた借金を肩代わりして返済し、その上で、ヤクザ者たちの根城に乗り込んだのだ。

乗りかかった船だ、いざとなったらお助けするつもりでいたのだが、旦那様はメス一本と、「北の死神」ならではの脅し文句で、荒くれ者たちを撃退してしまった。

つくづく、あらゆる意味で意外性に満ちた方だ……と感心している余裕もなく、わたしはハルの介抱と、帰りの辻馬車《つじばしゃ》の手配に追われた。

ハルは息こそあったが、さんざん嬲《なぶ》り者にされ、全身にひどい傷を負っていた。飲まず食わずの上、寒い中ずっと裸で床に放り出されていたせいで、ひどい高熱を出し、意識もない。

幸い、旦那様が腕のいい医師であったため、ハルは命を取り留めた。

しかし、ここでも俺は閉口するはめになった。旦那様は、ハルをご自分の……普段は贅沢すぎると見向きもしなかった広い主寝室に運び込んだのだ。しかも、家にいる間じゅう、ハルの傍から片時も離れない。

検死官の過酷な任務は通常どおりこなし、その上で、帰宅してからは、ハルのベッドの傍らに机と椅子を置かせ、そこで食事も残務も看病もこなすという有様だ。当然、ろくに眠っておられない。

なかなか熱が下がらないハルと、どんどんやつれていく旦那様に、俺を含め、使用人は皆、気を揉む日々が続いた。

しかしそんな心配も、ハルの意識が戻った日に終わった。若いハルは驚くほど早く回復し、旦那様もきちんと休息をとるようになったからだ。

晴れて自由の身になったハルは料理人見習いとして使用人の仲間入りを果たし、旦那様ともめでたく……そもそももっと早くそうなるべきだったと思うのだが……恋人同士になった。ハルは旦那様の助手として殺人現場にも同行するようになり、旦那様のご機嫌もますます麗しく……。

すべてが上手く回り始めたと思った矢先に、この事態だ。

まったく、俺は災厄の星の下に生まれでもしたのだろうか。

確かに、日の当たるところばかりを歩いてきたわけではないが、まさかこの身に殺人犯の疑いがかかるとは、想像だにしなかった。……そう、数日前までは。

だがこれも、女神ネイディーンが投げたもうた網の目のように、複雑な人間関係のなれの果てだ。

上手くいけばここから無事に出られるだろうし、最悪の場合、俺は殺人犯として絞首刑に処せられるだろう。

どちらにしても、俺自身については、さして思い残すことはない。

ただ、キアランがこの先、幸せな人生を送ってくれること。そして、旦那様とハルが無事で……こちらも幸せであること。願うのはそれだけだ。

それにしても、こうしてひとりぼっちで過ごす暗闇の中で、心に浮かぶ人間が……しかも幸せを祈りたいような人間が、三人もいることに、我ながら驚く。

いい加減な生き方をしてきたと思っていたが、これはこれでなかなかにいい人生なのかもしれない……たとえ終幕を迎える場所が処刑台であったとしても。

「……ふわ……」

欠伸《あくび》が出てきた。いい具合に腹がくちくなったし、ケーキの酒が回って身体も温まった。今なら、気分よく眠れそうだ。

俺は、これまたハルの差し入れである毛布を引き寄せ、頭からスッポリと全身を覆った。目を閉じると、眠気が押し寄せてくる。

牢獄《ろうごく》生活も、慣れれば悪いことばかりではない。何しろここに放り込まれて以来、俺はまったく仕事をしていないのだ。ある意味、究極のタダ飯喰《ぐ》らいと言えなくもない。

贅沢を言うなら、あともう一つだけ……。

俺の愛《いと》しい恋人の……、それから、俺が行く末を気にかける二人の姿が見られたら、どれほど穏やかな、楽しい気持ちになれるだろう。

「是非とも今宵《こよい》は……俺を哀れと思うなら、夢の中に」

ささやかな祈りの言葉を呟き、俺は束《つか》の間《ま》の安らぎに身を委《ゆだ》ねた……。

あとがき

はじめまして、あるいはまたお会いできて嬉しいです。椹野道流です。

「作る少年、食う男」の第二作……の、まずは上巻をお届けすることとなりました。上下巻というのは続きが気になってイラッとくるものですが、今回は下巻がすぐに追いかけて参りますので、書店チェックをお忘れなく。

前作でようやく想いが通じ合ったウィルフレッドとハルですが、本作ではまた新たな事件、そして試練に立ち向かっています。

前作で密かに人気だった色男の執事フライトの身の上に、大変なことが。そして、新たなキャラクター、キアランが登場します。

最初は冗談で、「フライトは別宅にハニーがいるんだよ～」と言っていたのが、どんどん現実味を帯びてきて、ついにこんなことに。主役カップルが嫌になるくらい地味なので、きらっきらの執事カップルが目立ちすぎ、色々な意味で困りました。

そんなわけで、書き下ろしはこんなときにしか書けない、執事一人称です。これまでのこと……キアラン、ウィルフレッド、ハルとのなれそめやら出会いやらを、あんな場所で、ぽつりぽつりぽつり回想して語っております。本編とは違う雰囲気の短編ですが、楽しんでいただけたらとても嬉しいです。

下巻に話が続くうえに、まだ本編に取りかかっていないのにこちらを先に読まれる方もいらっしゃるので、内容にはあまり触れずにおきますが、その代わりに、ちょっとした小話を。

実は雑誌掲載時、シャレード本誌の表紙を飾った金さんのイラストは、「悪戯な旦那様とメイドコスなハル」でした。そのイラストが栞になっていますので、もし単行本に首尾よく挟んであったなら、可愛いハルと滅茶苦茶嬉しそうな旦那様を堪能してくださいね。

ではでは、また下巻のあとがきでお目にかかります。ごきげんよう。

椹野　道流　九拝

◆初出一覧◆

執事の受難と旦那様の秘密＜上＞
（Charade2006年7月号・9月号）

執事の独白（書き下ろし）

CHARADE BUNKO

執事《しつじ》の受難《じゅなん》と旦那様《だんなさま》の秘密《ひみつ》＜上＞

［著　者］椹野《ふしの》道流《みちる》

［発行所］株式会社 二見書房
東京都千代田区神田神保町1－5－10
電話　03（3219）2311［営業］
　　　03（3219）2316［編集］
振替　00170－4－2639

［印　刷］株式会社堀内印刷所
［製　本］ナショナル製本協同組合

落丁・乱丁本はお取り替えいたします。
定価は、カバーに表示してあります。

ISBN978－4－576－07049－0
http://charade.futami.co.jp/

CHARADE BUNKO

スタイリッシュ&スウィートな男たちの恋満載

椹野道流の本

二人にとって最大の難関が…!!

耳にメロディー、唇にキス 右手にメス、左手に花束3

イラスト＝唯月 一

シアトルに移り住み結婚式を挙げた江南と篤臣。穏やかな日々が続くかに見えたが、篤臣の父の訃報が。実家に戻った篤臣を追って江南も永福家を訪れ、母・世津子の前で二人の関係をカミングアウト!?

メス花シリーズ・下町夫婦《めおと》愛編♡

夜空に月、我等にツキ 右手にメス、左手に花束4

イラスト＝唯月 一

篤臣は江南と家族を仲直りさせようと二人で江南の実家に帰省するが、江南の母がぎっくり腰になり、家業のちゃんこ鍋屋を手伝うことに。手際のいい篤臣に対し、役立たずの江南は父親に怒鳴られて……。

CHARADE BUNKO

スタイリッシュ&スウィートな男たちの恋満載

椹野道流の本

白い巨塔の権力抗争。江南は大学を追われてしまうのか？

その手に夢、この胸に光

右手にメス、左手に花束5

イラスト＝唯月 一

帰国してそれぞれの元職場に復帰した江南と篤臣。消化器外科では教授選の真っ最中で、江南は劣勢といわれる小田を支持する。江南の将来にも関わる選択だけに、やきもきしながら見守る篤臣だが…。

近世ヨーロッパ風港町で巻き起こる恋の嵐！

作る少年、食う男

イラスト＝金ひかる

「北の死神」と呼ばれる検死官・ウィルフレッドが出会ったのは、孤児院出身で男娼のハルだった。彼は、ハルに人間の温もりを感じるようになっていくが、ハルが荒くれ者たちに嬲られるという事件が起こり……。